U0920476

TOOLS
that can save a life

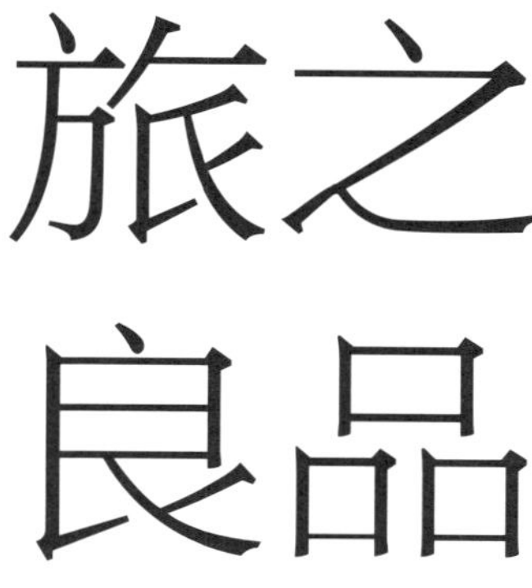

Daisuke Takahashi

〔日〕高桥大辅 著

谢敏怡 译

南海出版公司

图书在版编目(CIP)数据

旅之良品 / 〔日〕高桥大辅著 ；谢敏怡译．—— 海口：
南海出版公司，2016.8
ISBN 978-7-5442-8297-0

Ⅰ．①旅… Ⅱ．①高… ②谢… Ⅲ．①散文集－日本
－现代 Ⅳ．①I313.65

中国版本图书馆CIP数据核字(2016)第079839号

著作权合同登记号 图字：30-2016-046

旅之良品
〔日〕高桥大辅 著
谢敏怡 译

出　版　南海出版公司　(0898)66568511
　　　　海口市海秀中路51号星华大厦五楼　邮编 570206
发　行　新经典发行有限公司
　　　　电话(010)68423599　邮箱 editor@readinglife.com
经　销　新华书店

责任编辑　马秀琴
特邀编辑　毛文婧　李佳婕
装帧设计　未　氓
内文制作　杨兴艳

印　刷　天津市银博印刷集团有限公司
开　本　880毫米×1230毫米　1/32
印　张　6
字　数　48千
版　次　2016年8月第1版
印　次　2016年8月第1次印刷
书　号　ISBN 978-7-5442-8297-0
定　价　35.00元

目录

新经典文化股份有限公司
www.readinglife.com
出　品

Tools that can save a life

旅之良品

摄影

松村秀熊（彩色照片）

高桥大辅（黑白照片）

NO.1

MINI MAG-LITE 2AA 手电筒

MINI MAG-LITE 2AA

等我察觉的时候，已经处在沙漠的正中央，被六只野狗团团围住。

那是一九八九年三月旅途中发生的事，当时我以徒步与搭便车的方式横断撒哈拉沙漠。

野狗们从地平线的那一端远远地跑过来，不一会儿我就被包围了。跟野狗们对到眼时，它们就露出利牙，发出低吼声。它们可能已经饿很久了吧。腹部边缘可见肋骨浮现，从嘴中不断地滴下唾液。

它们的眼神跟普通狗不一样，从它们吊起眼梢发火的三角眼中，一点也无法看出狗对人类应有的眷恋与忠诚。它们是真正的野兽。

野狗们把我当作猎物。

不得了了！我不应该是野狗的饵食呀！

我慌慌张张地环视周遭。沙漠中没有任何可以当成武器的东西。不要说短木棒，连想拿来扔掷的石头也没有。

无计可施的我只好大声嚷嚷，拍打着手想把它们赶走。一开始看似有点成效，但后来效果渐失，于是我试着像画圆般地挥舞双臂。

这么做却似乎造成了反效果，不但没有让野狗们感到惧怕，反而让它

们兴奋了起来。

我逐渐感到疲累。它们似乎看透我的状况，在我四周快速地环绕走动，并逐渐缩小距离向我逼近。

完蛋了，会被咬死、吃掉。

就在那样想的瞬间，我的抵抗意志尽失，转为恐惧，脑中莫名地浮现出自己的身体被野狗啃食的样子。

回过神来，我不经意地在口袋中翻出 MINI MAG–LITE 2AA 手电筒（美国 Mag Instrument, Inc. 公司生产的手电筒）。

手电筒本体是使用航天等级的铝合金，特殊的外表涂布可强化抗腐蚀性，连本体内侧也施以抗腐蚀涂布，产品相当精致。无论在多么恶劣的环境下使用，都可确实发挥照明功能，可谓终极工具。

我从众多的照明工具中选择它的原因，不单只是因为它的坚固性，还有其高亮度的特性。我试过拿它照射自己的眼睛，知道它有惊人的刺眼光线。

表示光源强度的单位是坎德拉（Candela）。一般的 100 瓦灯泡大约为 120 坎，MINI MAG– LITE 2AA 手电筒则是 2305 坎，是手电筒中的经典产品。

如果要选购手电筒的话，一定要选择高亮度等级的产品。不仅可照亮远方的东西，在紧急状况时更可确实地传送求救信号。

此时，我灵光一闪，或许这支手电筒可救我一命。

① 本书地理位置图均为手绘示意图，仅标示大致位置。

前途遥远尚有4000公里。徒步于撒哈拉沙漠。

我把一切都寄托在它身上。

不久，看似带头的野狗露出獠牙朝着我冲了过来，我立刻开启手电筒的开关，照向野狗的眼睛。

突然间奇迹发生了，手电筒强烈的光线让狗晕眩，使它们为之惊恐，随后便一只只背着我落荒而逃。

MAG–LITE 手电筒所照之处没有敌人。如果没有带这只手电筒的话，我肯定会随着沙漠的露水一起消失吧。

我的性命是被 2305 坎的 MINI MAG–LITE 2AA 手电筒救回来的。

U.S.A. MALAYSIA NIGERIA
U.S.S.R. SINGAPORE IVORY COAST
MONGOLIA INDONESIA BRAZIL
CHINA TURKEY ECUADOR
GREECE CHILE
INDIA ITALY ARGENTINA
NEPAL TUNISIA FALKLAND
ALGERIA ANTARCTICA
THAILAND NIGER AUSTRALIA

NO. 2

zippo 打火机

工具应该选择持久耐用、强韧且可陪伴你到最后的东西。即便陷于穷途末路的危机时,它可能会救你一命。

zippo 打火机就是这样的工具。

此话富含深远的意义。其中印象最深刻的，是在越战枪战时中弹士兵所说的话。子弹正好打在他放在胸前口袋里的 zippo 打火机，打火机挡下了子弹，让他捡回了一条命。

另外，在战争电影中，也常有将点火的 zippo 打火机丢进汽油中的爆破场面。zippo 打火机防风性能佳，即便抛掷出去也不会熄灭。

此外，也有在黑暗的洞窟中行走时一直点燃打火机当作照明火把使用的场景。在棉芯与煤油用尽之前，zippo 打火机都能尽责地担任照亮幽暗洞穴的角色。

我并没有要投入战争，只是想把这强韧的工具带在身边，以备不时之需。

说起来，我开始使用 zippo 打火机是始于阅读开高健的随笔短文。

越战期间，他被派遣至越南担任随行战地记者，得知美军士兵会将打火机当作护身符，并在上面刻上咒文般的文字。他自己也因随身携带刻有文字的 zippo 打火机，在艰困的战地

环境生存了下来。之后，他带着zippo打火机旅行，从北美洲阿拉斯加到南美洲火地岛，展开纵断两大美洲大陆之旅。

深受此故事影响的我，购买了zippo打火机后，立刻跑到Tokyo Hands请店家刻上文字。

雕刻的文字出自于开高健旅行随笔中的一段话。

“Fluctuat Nec Mergitur（漂泊各地而不沉）”。

这句圣语是我旅行时的座右铭，也是我生存的指南针。

这句话对于可以随身携带至各地旅行的zippo打火机而言再适合不过了。同时作为纪念，我也把开高健的忌日刻在上面。

但我也不是单纯地想模仿他。

因此，每当我旅行到一个新的国家时，就会在打火机上刻上一个新的国家名。

美国、苏联、蒙古、印度尼西亚、土耳其、希腊等。

仅是想着下一次要刻上哪个国名，就令我雀跃不已。

二十出头时，我的梦想是环游世界六大洲。在空白的地球仪上，于自己曾踏足的地方涂上颜色，完成这颗地球仪。

打火机陪我度过好多个日子，我时常凝视着它，在心中祈求着最后刻上南极的日子快点到来。

现在回想起来，当时的旅行可说是为了成为探险家所做的修行吧。

在南极迎接新生的企鹅宝宝。

在zippo打火机刻上旅行所到的国名，可说类似于参拜四国八十八处圣地的偏路信徒（指走遍弘法大师修行遗迹，在圣地祈愿的信者）所持有的朱印帐（参拜纪念手册，上头以书法写有神社寺庙名，并印上朱印章与日期）。

自一九八三年起的十年间，我的足迹遍及二十七个国家与南极，并拥有了一个刻满国家名字的zippo打火机。

Ziploc®
FREEZER BAG
DATE:
フリーザーバッグ

NO.3

Ziploc 保鲜夹链袋

Ziploc FREEZER BAG

厚度 0.068 毫米。

Ziploc 保鲜夹链袋用于冷藏或冷冻鱼肉等生鲜食品，非常耐操耐用。即便与最厚的 0.04 毫米的垃圾袋相比仍略胜一筹。

夹链不只有两层，且分为红蓝两色紧密闭合，可密封袋子里的东西。Ziploc 保鲜夹链袋诞生于上世纪七十年代的美国，它耐操耐用的产品特性可说是充满美国特色。

在某一次搭乘飞机时，Ziploc 保鲜夹链袋的防水性让我大开眼界。当时托运行李中的洗发精溢出，行李箱内部的东西无一幸免，唯有重要的探险用资料因放在夹链袋中，幸运逃过一劫。

资料如果损毁的话，这趟旅行也无法继续了。

我的旅行大概分为两种类型。一种是在出发之前彻底的调查当地的信息，携带充分资料的旅行；另一种是什么事前准备也不做的旅行。

通常外出旅行，为了避免先入为主的刻板印象降低旅行应有的乐趣，多半不做功课轻松出门。但如果是探险的话，毫无例外地一定事前彻底调查完整信息。

所谓的探险就是寻找人们未知的

事物，因此如果没有掌握好哪些是已知的信息，就无从分辨哪些是未知的事物。如此暧昧不明的状况是无法进行探险的。况且，在探险地若没有参考数据是相当危险的一件事。

出发前，我会阅读多本相关书籍，复印所需的内容放入背包随身携带。资料内容会依据造访地点与主题分类整理。此时，Ziploc 夹链袋便是一个相当便利的工具，因为夹链袋是透明的，数据放在里面清楚可见。夹链袋表面也有可书写笔记的空白处。

我一开始只是把文件放入 Ziploc 夹链袋，后来实在是太喜爱它良好的防水性与耐久性，也把怕水的相机与备用电池放了进去。

但对我而言，Ziploc 夹链袋并不是单纯的防水密封袋而已。

那是发生在一次冬天旅行欧洲的事。因染上风寒，病到只能待在饭店的房间里。头像是被切割般的剧痛，身体像穿着盔甲般的沉重。体温不断升高，眼球则像要被煮熟般炙热难耐。

更糟糕的是，隔天预定要搭乘飞机前往苏格兰，顺道探访设得兰群岛的原野。

意识蒙眬的我眼神在房间里四处寻找。当时桌上放着一袋装有资料的 Ziploc 夹链袋。

前往风雪交加的设得兰群岛。

我突然想到什么似的，取出夹链袋中的资料，拿着袋子蹒跚地走向洗手台。

然后打开水龙头，把冷水注入夹链袋中。

我回到床上，试着把它放在额头上。夹链袋完全没有漏水，且放在额头上刚刚好。

感觉就像是从沉淀的泥水中浮上来般舒畅。

天亮的时候，我的烧已经退了。

没想到 Ziploc 夹链袋也可当作冰枕使用。

我航向世界的探险，是由厚度 0.068 毫米的 Ziploc 夹链袋所支撑的。

IRIDIUM
OK

NO.4

铱卫星行动电话

iridium 9505 Satellite Phone

如果在渺无人烟的地方遇难的话该怎么办……

铱卫星移动电话是少数可自救的工具之一。

透过发射至 780 公里高空上的 66 颗卫星，使人们在地球上各个角落都可进行通话。

过去曾在喜马拉雅山遭遇山难的登山家，把电池放在裤子里保温，避免不必要的电力消耗，最后靠着铱卫星移动电话通话求救，好不容易生还下山。

铱卫星移动电话像砖头一样大，大概是普通移动电话的四倍重。当采用预付通话费的方案时，必须事前缴纳高额通话费才能使用。我把它当作是探险的最后法宝，抱着就像是购买保险一样的心态买下它。

但是，有些国家会限制携带卫星移动电话入境。例如俄罗斯便为一例。最糟糕的情况可能会被没收，甚至被处以罚金。

二○○六年九月，计划到远东西伯利亚探险的我陷入烦恼。如果携带卫星移动电话入境的话可能会被卷入麻烦，我可不想要有牢狱之灾。

然而，在主流跟支流如同蜘蛛网错综复杂的大河流之中，遇难的危险

性很高。

凡事无法两全，经过几番挣扎，我抱着可能会被没收的心理准备，决定把卫星移动电话带去。

不知是幸或不幸，卫星移动电话真的派上用场了。在旅行的尾声，我碰到了难以预料的状况。我所搭乘的柴油引擎汽船在航线中迷失，陷在湿地，且引擎坏了。

“发生了什么事？”

我向船长询问，他短暂的沉默后回答。

“现在只能随着水流漂至下游的村落，除了听天由命，没有其他办法了。”

“怎么如此胡来，如果失败的话怎么办？”

若是孤注一掷行动，万一船身触礁的话，事态只会变得更严重。储粮的饮用水跟食物逐渐见底，外面的气候寒冷刺骨，河川随时都有可能结冰。

我从背包中拿出铱卫星行动电话，提议向外界请求支援。

开启电源后，移动电话内建的巨大天线便开始运作，马上就抓到环绕在大气层外的四颗卫星。

三两下，电话就通了。仿佛人身处在日本某个角落般轻松容易。

然而，事情却往意想不到的方向发展。

“请帮帮我们，我们的船无法行驶了。”

在黑龙江摆脱困境，喝伏特加干杯庆祝。

相对于对着电话请求救援的船长，电话另一端的反应却寥寥数语。原来，我们受困的所在地，是连当地警察或消防局都很难抵达的地方。

即便可以透过电话与外界通话，漂流迷途者最终还是要靠自己脱困。那时我了解到，文明利器也有它的极限。我告诉自己，遇到困难时能突破难局的，并非机器，而是人类本身。

抱着必死的决心脱困。

幸运的是，我们最后联络上船长的友人，获得搭救，平安结束旅程。

探検家山刀
高橋大輔

NO.5

又鬼山刀

Matagi-Nagasa

如果问我到无人岛一定要带什么工具，我会回答利刀。

有一把利刀在手，可以砍断树木搭建小木屋。从削切树枝做柴薪，到钓鱼使用的钓竿、诱钩都可以制作。透过创意与工艺，刀子可以制作出各种新的工具、开创生活。

那么，在那么多的选择当中，该如何挑选呢？

至今我使用过各种不同类型的刀子。有威力惊人、可轻而易举地劈开圆木的手斧，也有以携带性与便利性卓著而吸引人的折叠刀。要切割什么东西，决定了应选择的刀子种类。这就如同厨师有切生鱼片专用的鱼刀和切菜专用的菜刀是一样的道理。

探险时若能携带数种刀具是最理想的。但是在背包里得塞入各种工具的山野之行中，可携带的物品有限，在这种情况下，刀子就必须限缩至一把。有哪种刀子同时具备手斧般强韧，与鱼刀的锋利呢？

为此烦恼的我得知了又鬼山刀的存在。那是在东北地区狩猎熊等动物时，猎人所使用的刀子（又鬼指日本东北、北海道地区使用古老的集体狩猎方式的猎人）。

我拜访了位于秋田县北部、森吉

山西北方的刀具冶制厂。第四代的西根正刚继承了又鬼山刀的家业。他站在狭小难行的工作场所，打着炙红的铁。每敲打一次，铁的形状就会变化，就像是有生命的东西。

待西根先生的工作告一段落，他向我展示又鬼山刀。

如山刀文字所示，刀子的前端尖锐如剑，刀长最长有至 8 寸。单刃刀的刀刃前端有补强，外形稍微往上翘曲。倾斜刀子反射出光芒，流露出如刀剑般的压迫力。

又鬼山刀的别名为“袋刀”。刀柄中空，只要插上长棒，就可以快速变成刺枪。对于遭到负伤的熊反击的猎人而言，刺枪似乎是最后的武器了。山刀是仅次于猎人生命最重要的东西。

我明白又鬼山刀并不是单纯的刀子，它是对于果敢跟熊正面打斗、最后存活下来的战士们其勇敢精神的赏赐物。

“砍树枝，切山菜，只要有一把又鬼山刀，什么都可以做到。”

西根先生也会将又鬼山刀系在腰间，一年到头随时带着它入山。又鬼山刀是由了解野外的专家所制作出来的刀子，这点毋庸置疑。我为此深受吸引且信服，并购买了又鬼山刀。

第一次使用它是在猎鸭的时候。被击落的鸭子落在茂密的灌木丛，坚固的尖刺蔓藤构筑起一道难以突破的高墙。

藏身树叶等待猎物出现。在八郎潟湖猎野鸭。

我用又鬼山刀挥砍出去，伴随着沙沙声，蔓藤散落一地，挥动三次之后就清出一条小路。我从来没有用过如此锐利的刀子。不只是在草丛中开路，切剖猎到的绿头鸭时，也相当轻松容易，将又鬼山刀的功能发挥得淋漓尽致。

不知何时，我已经无法回头使用其他的刀子了。又鬼山刀不只是优质的工具。它给了我勇气，即便是最糟糕的状况也能披荆斩棘，开拓出一条路。

NO.6

FILSON 御寒羊毛大衣

FILSON WOOL PACKER COAT

一九九七年底，我第一次造访库页岛。

我特意把旅行日程选定在严寒时期，目的就是追寻江户时代的探险家间宫林藏从一八〇八年到一八〇九年间在库页岛的探险足迹。对我来说，如果没有感同身受冬季酷寒的库页岛，就无法深入理解间宫林藏。

旅行之前，我慎重地挑选了御寒的装备。库页岛属于亚寒带气候，因受到西伯利亚大陆的季风与鄂霍次克海的寒流影响，冬季天寒地冻，积雪量甚高。

经过几番犹豫之后，我选择了 FILSON 的御寒羊毛大衣。FILSON 是一个创立于美国西北部华盛顿州西雅图的户外用品品牌，因开发了天然材质的 Mackinaw 羊毛系列而著名。它具备良好的“温湿”特性，吸收湿气后会发热，在温度与湿度之间取得完美的平衡点。即使吸收了衣服总重 30% 的水汽，也不会因此而感到不舒适。

御寒大衣使用了 24 盎司的 Mackinaw 羊毛，从袖口到肩膀、胸口重叠成双层，领口则有厚厚的一层 Mouton 毛。说到御寒大衣，没有比 FILSON 御寒羊毛大衣更加适合的装

备了。

抵达接近北纬 50 度的波罗奈斯克市（Poronaysk），刺骨严寒袭面而来，我感觉到寒气刺骨的压迫感。

气温降至零下 30 摄氏度，降下的雪像金平糖（日本一种外形像星星的糖果）堆积在路面上。

但是在隔天发生了意想不到的事情。

因行程是当天来回，从 250 公里远的亚历山大罗夫斯克市（俄罗斯萨哈林州的一个城市，位于鞑靼海峡东岸，库页岛西部，较波罗奈斯克市纬度高）回来时已经是晚上了。回到投宿的宿舍，房门却是锁上的。

只有房间里有暖气，宿舍的走廊冷得连眉毛都会冻到结霜。我试着去外面寻找管理员，却徒劳无功。

一点办法也没有，只好回到宿舍。这时才想到，我从早上开始便没有好好吃上一顿饭，此刻饥肠辘辘，但所有的食物都放在上锁的房间里。

我尝试用身体撞开房门，但房门比想象的还要坚固。也试着用从地板上捡到的铁丝插入钥匙孔中，但未能像电影一样轻松打开门锁。

我只好立起大衣的领子，躺在地板上。如果就这样睡着的话，可能会被冻死，想着想着就不安了起来。但实在是冷得非常不舒服，想睡也睡不着。

（上图）在严冬的库页岛雪地中行走。（下图）海浪拍打至冰冻的海。

幸运的是，我从口袋中找到剩一半的巧克力。巧克力是在当地买的，因为实在是太难吃，以至于完全忘记有这个东西的存在。我一眨眼便把它吃掉了。

当一直横躺在地板上而感到不舒服时，我就会起身在走廊来回走动。

就这样度过了十个小时，窗外终于露出曙光。我觉得那是希望之光，能平安无事迎接早晨，我十分感谢。

零下 30 摄氏度的夜晚，包覆在我身上的仅有这一件御寒羊毛大衣。

如果有拯救我的救命恩人的话，应该是一百年前制造出这件大衣的美国人吧。

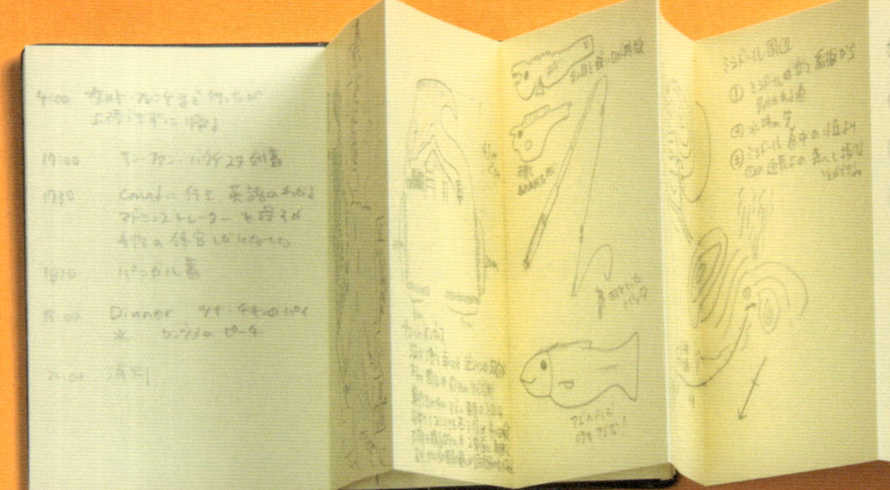

BOOK 32

NO. 7

MOLESKINE 笔记本

MOLESKINE

从开始旅行的三十年间，我只遗失过一次笔记本。

那是在搭乘火车横跨印度大陆时发生的事。从首都马德里向南开往距离 180 公里远的阿格拉，火车上挤满了乘客。等我察觉时，应该在口袋里的笔记本已经不见了。可能是在混乱之际被谁摸走，也说不定是跟其他乘客挤沙丁鱼的时候从口袋中滑落出来。

我相当沮丧。

虽然里面并没有写什么特别重要的信息，本子上也沾染不少灰尘，甚至沾有餐厅咖喱的污垢。

但那个小笔记本中，记录着我在旅程中的所见所闻与随手笔记，那全是一些我喘息漫步在湿热难耐的印度时所写下如叹息声般的文句。尽管如此，当它不见时，仿佛旅行至今的记忆也随着一起消失了。

因为有过这样惨痛的经验，之后便更加注意了。

我是从《歌之版图》一书中得知 Moleskine 笔记本的。布鲁斯·查特文在书中把自己使用的黑色油布笔记本称为仿造皮革 (Moleskine)，并写着这样的文句。

“为了答谢拾获者，于此写下本

书所有者姓名与地址。”

对啊，还有这个方法！如果写下答谢拾获者的谢礼金额的话，搞不好在印度遗失的笔记本就可以找回来了。

查特文所使用的笔记本是由法国的笔记本制造商生产的，梵高、毕加索跟海明威也都是爱用者。

一九九七年，听说在意大利重新复刻生产（原法国生产业者于一九八六年停产），我闻风也购买了一本。笔记本造型简约，外层有做泼水处理，内层有收纳小袋，附有固定笔记本的弹性绑带。

于是，我在出发探险前会采买多本笔记本，在每一本上不只注明姓名与地址，也写上邮件信箱与谢礼金额。

只要是到荒郊野外，笔记本的命运就会相当悲惨。在南美洲委内瑞拉的圭亚那高原，被不知道何时才会停止的风雨摧残，浸湿了好多次。吸了水的笔记本膨胀成原来的三倍，即便如此，我手绘的地图、动植物名称，与至今仅有数十位探险家进去过的洞窟其内部状况的描绘仍完整地被保留下来。

笔记本不离身的我，在准备离开委内瑞拉的首都加拉加斯之际，发现口袋中的笔记本不见了。我非常惊慌失措。马上打电话给当地曾协助过我的人，凭借着最后使用笔记本的记忆，告诉他几个可能遗失的地方，请他帮忙寻找。

圭亚那高原的最高峰罗赖马山，口袋中有Moleskine笔记本。

等我得知找到笔记本时，是抵达英国数日之后的事情了。

原来笔记本遗落在加拉加斯的西蒙·玻利瓦尔大学 (Simon Bolivar University) 的地球物理学研究室，是我在委内瑞拉的最后一个取材地点。

从笔记本上记载的姓名、地址判断确实是我的物品。

隔天，环绕地球半圈的笔记本又回到我的手上了。

NO.8

Danner Light 登山靴

Danner Light

"用脚去探索世界。"

如果问我探险是什么，毫无疑问的我会这样回答。

走访现场，思考所见事物背后的根本。这是发现世界的第一步。

一个人是否可以成为探险家，其分界线很简单。关键就在于，在任何的土地上是否都可以像平时一般行走。

即使是在深不见底、沼泽般的湿地，是否可像穿上长靴的孩童在水洼嬉闹般前进。

探险靴子必须将之变为可能。

靴子所讲求的首要功能，就是防水性。

从都市到野外。若说到全方位的探险靴，我会选择 Danner Light 登山靴。

才刚买到靴子没多久，我就穿着它纵足南阿尔卑斯山，行走于泥泞难行的路径之中。

进入帐篷，脱下靴子一看，我吃了一惊。

脚完全没被浸湿。

我把靴子放在脚边，但完全无法入眠，移到枕边后就睡着了。

诞生于美国俄勒冈州的 Danner Light 登山靴，率先使用 GORE-TEX

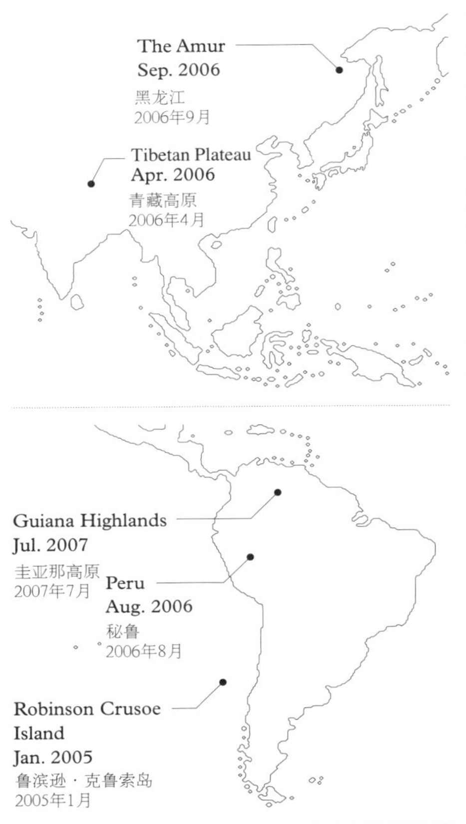

的防水布料。不但提高了靴子的防水性与透气性，也实现了鞋体轻量化。此外，靴底是采用 Vibram 鞋底（意大利户外运动鞋底制造厂商），即使是面对湿滑地面也提供良好的抓地力，是值得信赖的一双好靴。

从青藏高原、秘鲁的高原，到南美洲的鲁滨逊·克鲁索岛，踏入边境那一步，脚下通常是穿着 Danner Light 登山靴。

然而，二〇〇六年在西伯利亚的黑龙江，发生了出乎意料的状况。

我在昏暗且易滑的船只甲板上滑了一跤，脚背朝下、跌坐在地。

高筒的 Danner Light 登山靴包覆到脚踝以上，妨碍了脚部的柔软度。鞋子太过于坚固，导致我的脚部扭伤。如果没有穿靴子的话，搞不好就不会受伤了。

这双害我受伤的鞋子，我再也不想穿了。

自此，我跟 Danner Light 登山靴保持了一段距离。我把它放得远远的，放进仓库的最里面。

两年之后，我预定远征太平洋群岛，整理行李时，犹豫不知该穿哪一双鞋子才好。这时，我想起仓库里的 Danner Light 登山靴，决定试穿一下。

就是它了！感觉像是沉睡已久的冒险心苏醒了。

Danner Light 登山靴的鞋底稍微硬了一点。虽然它坚固的鞋底是当时造成

圭亚那高原帐篷。

我受伤的原因，但它的强韧，也支持了我旅行几千英里的荒芜大地。

如果没有受伤的话，我恐怕也无法体会 Danner Light 登山靴的精髓了吧。它不仅舒适，也可能让你吃足苦头，但只有分开之后才会注意到它的好。

我仿佛又重新认识了这双靴子。

不对，Danner Light 不仅是靴子。它是真正伴随我旅行世界各个角落的伙伴。

ROLEX
OYSTER PERPETUAL DATE

NO.9

劳力士EXPLORER Ⅱ手表

ROLEX EXOLORER II

手表是野外求生工具。

不知不觉，我将手表视为是划分生死的最后王牌。

理由很简单。因为手表是经常戴在身上的东西。

的确，如果说到求生工具的话，会联想到手电筒或是刀子。但是，所谓不测，大多是发生在身上刚好没有带这些工具的时候。

我购买手表时有两个坚持。

首先，一定要是以时针跟分针表示时间的指针表。

有指针的钟表可以当作指南针使用。将钟表的十二点指向太阳，十二点跟时针的正中间方向就是南方。如果是在南半球，则正午的太阳是指向正北方。若戴有指针钟表，即便没有指南针，也可将之当作导航工具，度过危机。

此外，在野外时会特别注意的事情之一就是日落时间。

当太阳越过子午线后，就开始西下。若在山林之中，就会明显感受到太阳逐渐藏身于山棱线后方，日暮渐渐逼近。“还要走大约一个小时才会抵达山中小屋。有办法在日落之前到达吗？”这时经常会有这样的不安。

这个时候，有个方法非常好用：

使用手指头测量距离日落还有多久的时间。

伸直手臂，与地平线平行，食指到小拇指弯曲呈垂直角计算太阳到地平线之间的距离是几根手指头。一根手指头大约是十五分钟。如果太阳与地平线的间隔超过四根手指头的话，就可以知道距离日落还有一个小时以上。用钟表确认日落时间，剩下的就是尽快赶路了。

我对钟表的第二个坚持，是运作方式。

电池式的钟表会伴随着电池没电的风险。我曾在零下 30 摄氏度以下的库页岛，发生电池式的手表突然停止运作的状况。明明才刚换过电池，竟然会发生这种事，有种被背叛的感觉。从此以后，我就投向自动上链或手动上链钟表的怀抱了。

我现在使用的是劳力士的 EXPLORER II 手表。它有表示二十四小时的时针，即使是在如洞窟阴暗之处，也可判别当下是上午还是下午。另外，它的二十四小时针可以自由调整，因此也可以双重表示旅行地点与自己国家的时间。虽然价格较高是它的缺点，但购入后作为工具使用，想把它用到坏掉却是难事。在挖掘时“啵”一声把手插入泥水中，手表也安全无恙，仍旧坚固可靠地持续显示正确的时间。是探险活动必备且值得信赖的工具。

话说，我在伦敦的钟表店购买劳力士手表时，请店家帮我在手表的内侧

再过不久就日暮西下了吧。于格陵兰岛。

刻上姓名、出生年月日跟血型。如此，假使不幸遭遇事故而必须输血时，可以提高获救的几率。

这是从美国士兵挂在脖子上的身份辨识牌 (Dog tag) 得到的灵感。也正因为我把手表视为野外求生工具，所以才会有如此这般把血型等讯息刻在上头的做法。

NO.10

钉子

Nail

打开野外求生教科书，里面会写有最少限度必须携带的物品清单。

火柴、刀子，或是针线等等。当遇难时，是否携带这些东西，结果确实会有很大的不同。

但是，是否只要有工具就可以安心呢？却是另一个问题。

在生死攸关的情况下，比起是否携带救命工具，如何善用身边的东西更为关键。

真正的野外求生，发挥创意要比面面俱到来得重要。

会开始这样想的契机，源自于那些我曾追踪过的实际漂流者的经验。

江户时代，有许多的船只漂流到伊豆的鸟岛（无人岛，目前全岛为自然保护区，岛上栖息着信天翁）。其中又以被美国捕鲸船所救的约翰万次郎与吉村昭的小说《漂流》的原型人物野村长平等故事而广为人知。

特别是野村长平在一七八五年（天明五年）漂流到鸟岛后，一起登岛的船组员相继死亡，最后只剩下他一个人。单独一人的他想尽办法生存下来，并与新漂流上岸的漂流者同心协力造船，于十二年后终于一偿夙愿，奇迹似的返乡。

野村长平当时并没有携带火柴或

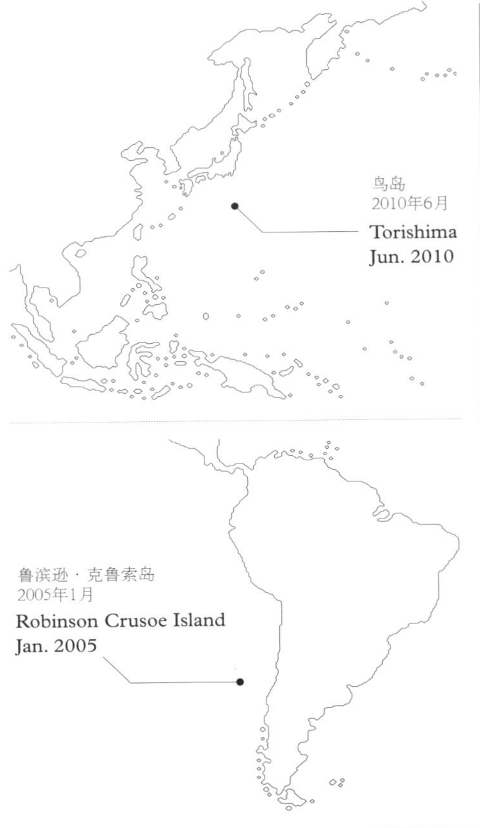

是刀子。

在那样的情况下，要怎样做才能生存下来呢？

他捕捉飞来岛上的信天翁，直接生吃鸟肉。

而他用来切剖、处理鸟肉的工具，是取自已经毁损的船只残骸上拔出来的船钉。

一根钉子支撑了他的漂流生活。

另一方面，《鲁滨逊漂流记》一书中的原型人物亚历山大·塞尔科克，在一七〇四年独自一人漂流到南美洲智利的无人岛（现在的鲁滨逊·克鲁索岛）。

随着漂流生活越来越长，穿在身上的衣服逐渐残破不堪，无法继续穿用。他缝制食用后的山羊身上的皮毛，做成御寒的衣服。

确认了纪录，他并没有携带任何针线在身上。

他从破烂的衣服上头取线，以钉子取代针，缝制山羊的皮毛。

支撑着塞尔科克漂流生活的，也是钉子。

的确，钉子在各种场合都可以派上用场。

可以当作钻孔锥子、贝壳类的开壳工具、攀爬树木时的脚踏钉。也可敲击打火石，用四散的火花点燃火种。

我吸取他们两人的漂流经验，总是在急难袋中放入钉子。是长度约 10 厘米、平淡无奇的钉子。

探秘在茂密的洋二仙草（Gunnera tinctoria，一种大型草木植物，原生于南半球的植物）林中。于鲁滨逊・克鲁索岛。

我从他们的教训中学到的，不是钉子很有用处。比起那些，更重要的是如何活用身边的东西，把工具的功能发挥到极致。

他们不只让我知道钉子可以是求生的工具，也教导我何谓“求生”。

那些是生存的智慧。

是把再寻常不过的一根钉子化为求生工具的智能。

NO. 11

随身酒壶

Hip flask

每次去苏格兰，就会有个东西一个、两个的逐渐增加。

那就是盛装威士忌等烈酒的随身酒壶。如同它的别名 hip flask（hip 为臀部，flask 意指小水瓶），为了可放入屁股后面的口袋随身携带，瓶身形状设计为弯曲。

有的是在当地收到的礼物，或者是自己喜欢而购买，渐渐的，酒壶成了我难以割舍的工具之一。

在早些时候，酒壶是用银或锡做成的，现在也有用不锈钢或是钛的制品。

虽然世界各地都有卖酒，但没有一个东西比酒壶更可展现随时可饮酒的坚持。

制作出如此方便酒壶的英国人，到底是个经验丰富的旅人呢？ 还是个嗜酒如命的人？

或者两者皆是？

顺带一提，日本也有相似的杯酒。随时随地只要打开盖子即可饮用日本酒，概念与酒壶相当接近。如果在日本国内旅行，携带杯酒可能会比较好。更不用说和米果、花生或是鱿鱼丝一起带着搭乘电车的绝配组合。

只可惜日本的杯酒有些是用玻璃制成的，不太适合携带于艰难的冒险

行程中。

在二〇〇四年冬季的爱丁堡，我第一次跟酒壶一起旅行。

我朝着市郊的阿瑟王座山走着，阿瑟王座山虽然仅是坐标高251米的小山丘，但如同它的山名阿瑟王的王座那样，带有地方传说的神秘色彩。

当时我想登到山顶，坐在阿瑟王的王座上，饮酒休憩。

于是，我把只有在特别的时刻才喝的单一麦芽苏格兰威士忌装入酒壶中，出发前往。

苏格兰的气候变化多端。爬到山丘的半山腰时，风势逐渐增强，雨雪杂下。吐气化成白烟，手开始冰冷了起来。四周完全没有可以避雨的地方。

糟糕了。

我喝了一大口酒壶中的酒。

一股暖流传遍身体，有种得救的感觉。

如此一点一点地尝着酒以暖和身子，我持续走在不停落下的雨雪中。

终于，登到山顶后，流云间隙中看得到蓝天。放眼望去，爱丁堡的街道与福斯湾尽收眼底。

我找到一处未被淋湿的岩石，一屁股坐了下来。这就是阿瑟王的王座！高洁的峭立岩壁，充满了威严的气息。

我掏弄口袋，从中拿出酒壶。打开盖子咕的一声喝了一口。“啊，没了！”

爱丁堡郊外的阿瑟王座山。

只有数滴的威士忌洒落到口中。

沿途中为了让身体暖和起来，几乎把酒都喝光了。

“怎么会这样呢？ 阿瑟王！”

知道没有酒之后，不知为何突然觉得酒意袭上。

我摇摇晃晃地走下山。

回到镇上后，我又觉得身体冰冷，不由分说就往酒吧去。

34 WAIST

NO. 12

Nigel Cabourn 工作裤

Nigel Cabourn

探险用的裤子应具备什么样的特点呢?

首要应是耐久性。在草丛中可行走无碍，且坚固牢靠。此外，穿着后可否随心所欲地行动也是要点之一。若是太过于要求坚固耐用而使用了比一般品要厚的材质，变得硬邦邦的，这样也不行。

如何拿捏对探验裤的要求，其平衡点着实微妙，并没有客观的基准。我认为穿在身上的直接感受是非常重要的。

至今我穿过很多种不同的裤子。在耐久性与易于行动两者而言，工装裤(cargo pants)毋庸置疑是最佳选择。膝上左右两旁有很大的口袋为特征，我曾经在冲绳的美军军用品特卖店买过好几条。

在持续穿用之中,我发现一件事。膝上左右两边的口袋使用起来很不方便。身体好不容易挤进狭窄洞窟中，要取出放在口袋的手电筒，就耗掉我九牛二虎之力，着实让我苦恼。

搭飞机时我也尝过相同的苦头。坐在狭小的机舱座位，几乎无法顺利拿出口袋里的物品。体积稍微大一点的东西，必须站起来才拿得出来。我对此感到烦躁，逐渐就不再使用膝上

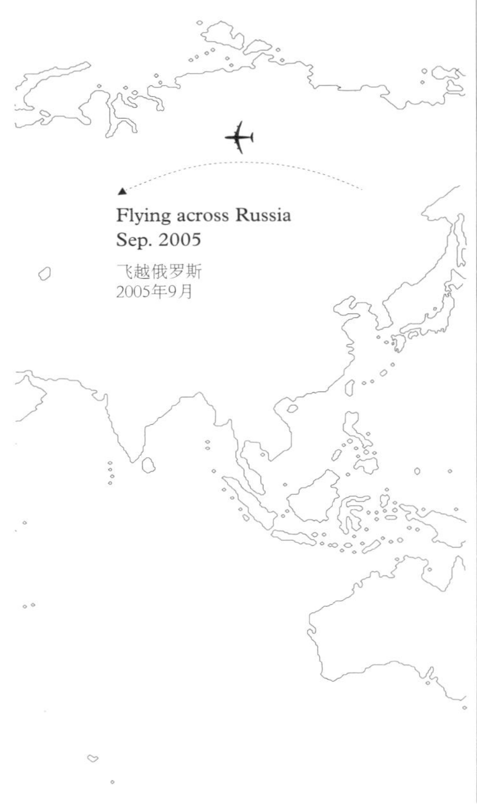

左右两边的口袋。

当口袋变成装饰品时，就失去了探险裤的意义。只有全部的口袋都发挥功能，实际去使用它，才可说是值得信赖的裤子。Nigel Cabourn 的裤子消解了我的烦恼。

最初拿到手的是潜水艇员工作裤 (submarine pants)。设计的原型是英国海军的潜水艇机组员实际穿过的裤子。这个裤子的最大特征，在于膝下的左右两旁有大容量的口袋。可放入好几本书。

在狭小的潜水艇内部少有站立的情况，大多是弯曲着身子坐在椅子上。为此，口袋就设计在手最方便伸到的膝下部位。

另外，据说当潜水艇急速潜行时，潜水艇的机组员必须立即跑向潜艇前端，用意在将自己的重量转化为潜艇往下潜行的重力。因此，裤子的下摆可以紧紧束起。即便放了很多东西在口袋里，也可以全速跑动。

爱上潜水艇工作裤的我后来又取得了另一条裤子。它是两腿上方有口袋的一九五〇飞行裤。飞行裤的概念，是两侧或是臀部口袋完全派不上用场。因此裤子的设计是将口袋做在大腿部位，以方便可迅速取出口袋中的地图或飞行图等数据。

我也曾经在口袋里放入 GPS 跟相机，搭乘飞机于计划探险的西伯利亚上空进行侦查。

航程的途中，从机舱内眺望外头的景色。

虽然每一条裤子都有其功能性，但这些裤子并非以过去的野战装备作为设计概念，而是将之改良为现今仍可使用的功能。

搭乘日本国内线的飞机时，也可将手机或是文库本放入飞行裤的口袋中，体验何谓充分发挥裤子功能。请您务必试试看。

飲み水の衛生剤
ピュア
PURE
食品添加物製剤
次亜塩素酸ナトリウム 1%
15mL
(株)オーヤラックス

NO.13

PURE 净水剂

PURE

要如何确保干净的饮用水呢？此为旅行最初的问题之一。

最标准的方法是把水煮沸。据说，煮沸约五分钟，就可以杀死水中大部分的病菌。

一九八八年，在尼泊尔爬喜马拉雅山时，我从山中小屋其他人那里分得煮沸的开水。

那是料理早餐剩余的开水，因此数量有限，必须跟其他登山客争夺。喝完之后，未必能再一次获得煮沸过的开水。

水是由村庄里的孩童从遥远的地方搬运过来的，柴薪也一样，是到深山中采伐而来的。

只要这样想的话，就不难了解。仅是取得生水，就已经是相当困难且可贵的事情。

在山中小屋熟识的一位登山客，把名叫“PURE”的饮用水净水剂分了一些给我。

液体装在大约眼药水大小的瓶装容器中，含有百分之一的次氯酸钠。在 1 升的水中滴入两三滴，放置一个小时之后，可以使细菌、病毒几乎失去活性。

我试着在水壶中的生水中滴下几滴 PURE，喝了下去。氯气臭味扑鼻

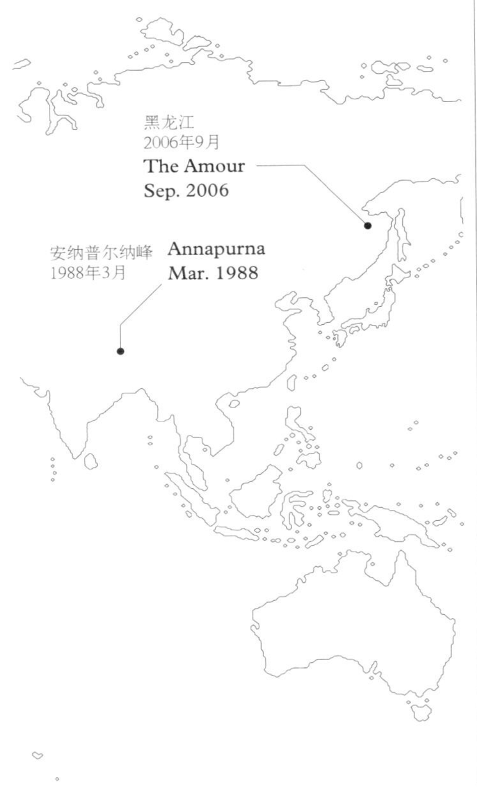

而来。

分给我 PURE 的登山客跟我说，即便是煮沸的开水，他也会加入许多 PURE 才饮用。

“是为了保险起见吗？”

我想他应该是相当谨慎的人吧。

但是，他很直快地否认了，并这样说："我是为了调味才加的。从开始使用 PURE 之后，只要没有自来水味道的话，就会不禁觉得水好像没有处理干净。"

原来如此，那确实是已经习惯的日本自来水的味道。

往后，我只要外出旅行都一定会携带 PURE。虽然还是煮沸过的水比较好，但是身处野外时燃料时常是有限的。

那是在二〇〇六年于西伯利亚的黑龙江流域探险时的事情。船的引擎损毁无法航行，只能漂流在河川上，饮用水也逐渐见底。

船长曾经历过数次类似的难题，经验丰富的他说湿地的水可以喝，我于是前往取水，以确保水的来源。我抵达如无底沼泽般的地方，蚊子大军迎面而来。在吸气的瞬间，有只蚊子通过我的喉咙，落进我的胃袋里。

好不容易取得的水却相当混浊，而且闻起来有种腥臭味。因汽油所剩无几，煮沸大量的开水是不可能的。最后用漂流木燃烧的篝火将水煮沸消毒，总算获得少许的饮用水。

我喝了一口，腥臭味已消失，但总觉得少了点什么。

总算在黑龙江流域确保了饮用水，但水呈现混浊的状态。

于是，我把 PURE 加了一点进去。

是漂白水的味道。终于觉得水可以放心饮用了。

船长以不可思议的表情看着我。我拿出 PURE 说道：

“它就像是用来调味的东西。”

0 0.1 0.2 0.3 0.4 0.5 0.6 0.7
1:24 000 MILES
MC-2
SUUNTO
FINLAND

NO. 14

SUUNTO MC-2G 指南针

SUUNTO MC-2G

如果想要成为走遍世界的探险家，就必须凑齐五个指南针。

我认识到这样的现实，是在一九九一年我还年轻的时候，从南美洲的巴塔哥尼亚高原横渡至南极的那年。

当时，我从包包中拿出指南针一看，磁针倾斜，无法呈现水平。

指南针是在日本购买的，没使用过几次就变成这样，难道已经坏掉无法使用了吗？

无论是挥弄，还是敲打，都没有办法修好。

没办法，我只好在布宜诺斯艾利斯的户外用品店购买新的指南针。

然而，回到日本之后，原本应该坏掉的指南针，却可以正常使用了。

拿出在南美洲购买的指南针一看，磁针倾斜，变得无法使用。

到底是怎么一回事？

位于赤道附近的指南针，其磁针会指向磁北（Magnetic North，指南针所指示的北方，非真正的北方，磁北会随磁场环境而变化）跟磁南的正中间，呈现水平。偏离赤道后，会发生磁针偏北或南的现象（Magnetic dip，磁倾角）。在日本所使用的指南针会增加南针的长度，或是借由增加重量

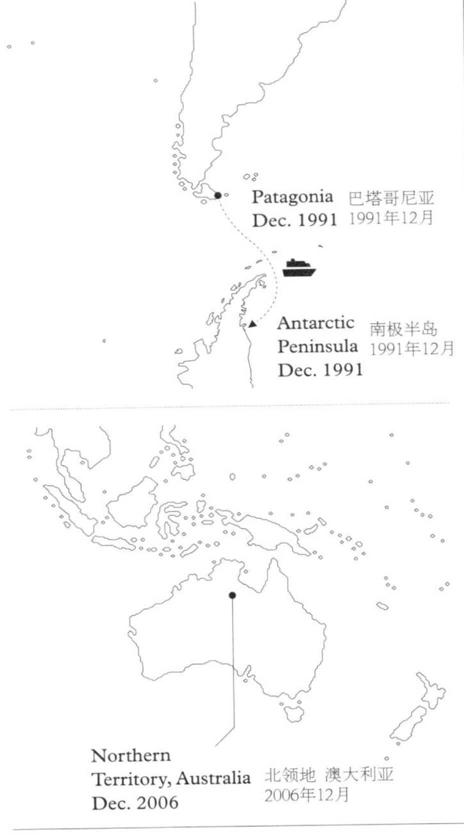

使磁针保持水平。

严格说起来，指南针根据世界各地不同的磁倾角程度区分为五个区块。从北到南，划入各个区域的国家如下所示。

①美国、俄罗斯②日本、印度③巴西④智利⑤澳洲。

如果想跑遍全球南北的话，就必须备妥五个指南针。听起来有点不太合常理，到最后恐怕会搞不清楚哪个是哪个，变成了路痴吧。

SUUNTO 的“MC-2G” 指南针解决了我的烦恼。

MC-2G 指南针在北半球跟南半球都可以使用，因使用特殊磁针，只要有一个 MC-2G 指南针，就可以在世界各地跑来跑去，纵横全球。指南针的使用温度范围是从零下 35 摄氏度到 60 摄氏度。因此，从寒冷地带到酷热沙漠都可以使用。

这个指南针的特征在于附有镜子，可以知道对象物的正确方向。这个镜子不仅可以在外来物飞入眼睛时使用，也可在遇难时向救援机传达所在位置时派上用场。

另外，利用这面镜子，也可测量远方山丘山顶上的仰角。

如果知道所在地与山之间的距离，利用三角函数可以估算出山的高度。

例如，假设 1 公里远的山丘，其山顶上的仰角为 35 度。

tan35=0.70020，乘上距离的千米，就可知道此山丘的标高约为 700 米。

在澳洲的内陆地区必须使用南半球专用的指南针。

顺带一提，我学生时代最不拿手的科目是数学，只要听到三角函数，心情就会像铅一样沉重。当时，觉得学这个到底会有什么用呢？没想到却在爬山时派上用场。人生在何时会需要什么，你永远都不会晓得。

指南针不只是测量方位的工具。连标高都可明确测量的 MC-2G 指南针是导航的必需品。

トルコ語辞典
ポケット版
竹内和夫 著
TÜRKÇE-
JAPONCA
SÖZLÜK
大学書林

ДАИГАКУШОРИН
РУССКО-ЯПОНСКИЙ
ЯПОНСКО-РУССКИЙ
СЛОВАРЬ
ДАИГАКУШОРИН

MINI ENGLISH-THAI
AND THAI-ENGLISH
DICTIONARY
BY
GORDON ALLISON

NO. 15

外语辞典

Dictionary

每出国一次，外语辞典的本数就会随之增加。

我的书架上除了英语辞典以外，还有法语、德语、西班牙语、意大利语、俄罗斯语、汉语、土耳其语跟泰语的辞典。每一本都是在旅途开始之前购买，然后带着它一起去旅行。有时因迫切需求，也曾购买过中国少数民族纳西族的东巴语辞典。

旅行地的语言最先记得的是招呼语。遇到外国人用当地语言跟自己打招呼，应该没有人会不高兴吧。

其次是感谢的语汇。同样的，如果可以使用当地的语言表达，比较能缩短双方的距离。

在旅行前要记得的词汇充其量只有两句话："你好"、"谢谢"。可以及时使用是最重要的，因此我尽量避免太贪心地塞入大量词汇到脑袋里。

与其事前学习外语，不如在当地听实际的惯用说法，直接学习并使用，保证可以立刻交到朋友。例如，在俄罗斯常常听到"Harasho"（俄语хорошо）这样的词语，指的是"厉害"、"好棒、不错"的意思，但也有"了解"的意思。在适当的时间点说一句当地的常用词，就可以让周遭的视线变得温和。

虽说如此，但旅行的困难点肯定是语言这道墙。外语辞典对我而言，是向当地人传达暗号的工具。

一九九七年，我在库页岛的南萨哈林斯克的街头拿着一张纸条到处给路人看。纸条上写着我从俄罗斯语辞典查到的单字。

“巴士”、“车票”、“霍尔姆斯克”、“去”。

我想买去霍尔姆斯克的巴士车票。

我不懂俄罗斯语的文法，因此纸条上的词是随意排列的。如果不是直觉比较好的人，恐怕无法理解我想要表达的意思。

经过一番努力，我终于找到巴士站牌，抵达目的地。

虽说如此，会话实在是太复杂了，也有用辞典无法进行沟通的情况。二〇〇六年再访俄罗斯的时候，我跟着考古学家一同旅行、寻找遗迹。当时我使用电子自动翻译机进行沟通，但马上就遇到令人头疼的问题。

“我明天想到河川的下游看看。”

我用自动翻译机写着上述句子，考古学家看完却回答：“随便你，你就去吧。”

我看着文句吓了一跳。“随便你”这种话说得有点过重了吧。是不是有什么不满呢？ 我很紧张地偷看了他的脸，但他却对着我微笑。

脸上挂着笑容，心中的想法可能正好相反。原来俄罗斯人不值得信任？

流传在中国纳西族的东巴文。

然而，我用辞典查了原文单字的意思，这才发现是我有所误解。

他是写“自由随意”，但翻译机却误译成“随便你”。自由跟随便虽然有点相似，但意思却不一样。如果没有用辞典再次确认原文意思的话，双方说不定会为此而发生争执。

我们用伏特加酒干杯，祝双方往后一切顺利。

语言的障碍，也把旅行变成有意义的时光了。

46

NO.16

防毒面具侧背包 Mk VII

Gas Mask Bag Mk VII

那是我在纽约的探险家俱乐部与职员们闲聊时的事情。

听说，演员哈里逊·福特为了掌握主演电影《印第安纳·琼斯》系列的角色，曾拜访过俱乐部的总部。

那部电影的主题虽然是一个虚构的考古学家寻找世界各地秘密宝物的探险故事，但电影内容是参考实际存在的探险家，以及其携带物品与他们的实际经验而来。

例如参考对象之一，曾经担任探险家俱乐部会长的罗伊·查普曼·安德鲁斯。他造访戈壁沙漠，于一九二三年发现世界首颗恐龙蛋。另外，他与强盗搏斗等不顾后果的冒险故事，也成为口耳相传的事迹。看着他昔日的相片，头戴边帽，腰间系有插着手枪的枪套包，宛如印第安纳·琼斯的化身。

印第安纳·琼斯浓缩了实际存在的探险家的本质，从电影情节到演员身上穿戴的物品，故事背景写实逼真。

在那之后，我于伦敦的户外用品店找到印第安纳·琼斯的侧背包复制品。当时刚好我打算旅行至突尼斯的撒哈拉沙漠，于是决定买一个试用看看。

有点令我介意的是，背包明明是

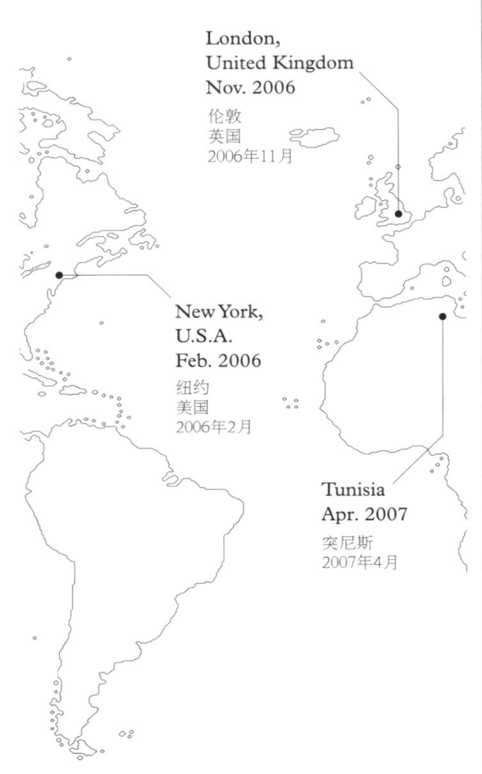

新的，拉链却无法很顺畅地开关。不知为何，有点廉价的感觉。屏除这个问题，跟之前使用过的侧背包相比，它使用起来的感觉最好。

到底好在哪里呢？回国后，我拿它跟其他的背包比较，发现它的尺寸比例跟其他的包包不同。底长 24 厘米、底宽 7 厘米、高 26 厘米。接近正方形的比例是它的特色。

容量约 2.5 升。把相机、笔记本、地图、手电筒，还有 500 毫升的宝特瓶通通放进去之后，还有空间可以放东西。

即使是相同容量的背包，如果底长过长的话，小东西可能会四处移动不见踪迹。若高度过深的话，不容易看到里面，小东西会很难找。

背包的高比底长多出两厘米，实在是非常好的设计。

这样的设计，实现了侧背包尺寸的黄金比例。

针对印第安纳·琼斯的侧背包做了一番调查后发现，果然真有其设计的原型。它的原型是在第二次世界大战中英国军队所使用的防毒面具侧背包 Mk VII。

令我相当惊讶的是，它原本是用来放防毒面具的背包。但是我马上就了解了。

士兵们需要携带武器或食材等很多装备在身上，同时又必须经常拿取防

位于纽约探索家俱乐部的会员专用休息室。

毒面具。或许正因为这个原因，便将侧背包做成了接近正方形的形状。

我四处逛军用品店，买到了曾经在世界大战中使用过的、真正的防毒面具侧背包 Mk VII。

厚层的棉布不仅强韧，且重量轻。底长跟高度的尺寸接近正方形的比例。跟复制品不同的地方在于它没有拉链或口袋，设计简约大方。

说起来，复制品的拉链，根本就是画蛇添足。原始的设计好太多了。防毒面具侧背包在当时已是设计完整的包款了。

对于历经年代的东西加以改造，未必是一种改良。

BRITANNIA

NO. 17

一枚四分之一便士铜币

One farthing coin

我总是在零钱包里放一枚古钱币。

那是一枚一七二一年在英国发行的四分之一便士铜币。

四分之一便士一直到一九六一年被废止之前，都是英国最小面额的货币。

当然，现在包含英国，全世界没有任何一个地方可以再使用这个钱币了。

即便如此，我谨慎地随身携带它是有原因的。

刚好在钱币发行的那一年，一七二一年，《鲁滨逊漂流记》的原型人物，亚历山大·塞尔科克在非洲西部结束了他传奇的一生。

他在一七〇四年到一七〇九年之间的四年四个月时间，被迫在南太平洋的无人岛上一个人度过漂流生活。深入山林之中猎捕山羊，不只是食用山羊肉，也利用山羊的皮毛做成衣服、裤子跟帽子等等。自食其力建造小屋，想尽一切办法生存下来。

之后受到偶然到来的英国私人船只的帮助，他平安地回国。

他的母国惊奇且好奇地迎接他。大为赞赏他在无人岛求生的勇气，把他当作英雄并举办庆典。作家丹尼

尔·笛福(Daniel Defoe)依据塞尔科克的经验创作出《鲁滨逊漂流记》。

塞尔科克虽然获得了名声与财富，但他向前来会面的散文作家透露自己的心境。

“虽然我现在身价约为八百英镑，但与只值四分之一便士时的我相比，却完全称不上幸福。”①

对追随塞尔科克足迹的我而言，这段话的冲击很大。

他一个人站在无人岛的海岸边，思乡之情望眼欲穿。日复一日，一心等待救援船的到来，祈求着归国之日尽快到来。

他心中抱着的希望究竟是什么？

在漂流者的体验中寻找答案的我，深信从无时无刻生命备受威胁的无人岛逃脱，回到住着双亲、具备完整生活机能的社会，是有意义、有价值的。

然而，回到文明社会的他，却比较喜欢漂流在比最小面额的铜币还要没价值的无人岛的生活。

经历壮烈经验的人，口中说出来的话是相当有分量的。

金钱无法买到幸福，即使漂流在连四分之一便士的价值都没有的无人岛，也可以找到幸福，也存在活着的意义。

他仿佛这么说着。

① 《英国人》，理察·斯蒂尔(Richard Steele)，一七一三。

塞尔科克寻找救援船时站立的地方。鲁滨逊・克鲁索岛。

就在我造访英国的古钱币商时，发现了塞尔科克卒年所发行的四分之一便士铜币。硬币的表面因磨损而有点看不清楚，但可感受到光阴的真实感。

我买下这枚铜币，放进零钱包里。

四分之一便士对我而言，就像是从塞尔科克所继承的遗物。

即使在荒野中没有东西可以吃，这枚硬币也可以为我带来勇气吧。

Esbit
Esbit

NO.18

Esbit 携带式口袋炉

Esbit pocket stove

有时候放入背包中的东西，没想到在旅途中一次也没拿出来用过。

烹调用的炉子就是其中之一。

卡式炉的瓦斯瓶被认定为爆裂物，搭飞机时无法托运，只能现场丢弃。

即使是携带填充式炉子，旅途中再购买燃料，也有其风险。

在西伯利亚的黑龙江流域旅行时，船只燃料不足是经常会发生的头痛问题。

从日常生活角度来看可能很难以想象，但是在黑龙江流域，必须不断来回穿梭询问，才可能找到愿意分享汽油的人。

我曾经花了整整三天才取得5升的汽油。

我和同行的伙伴只得一同到河岸寻找漂流木生火取暖、料理伙食。

不只是在西伯利亚，偏僻地方也时常有难以取得煤油或石油的情况。

没有燃料的炉子，只是个铁块而已。带着不能使用的东西四处行走，可谓远征旅行的最大悲剧。

吃了好几次苦头之后，我开始寻找既不是卡式炉，也不是填充式的小炉子。

最后我找到的，是Esbit携带式

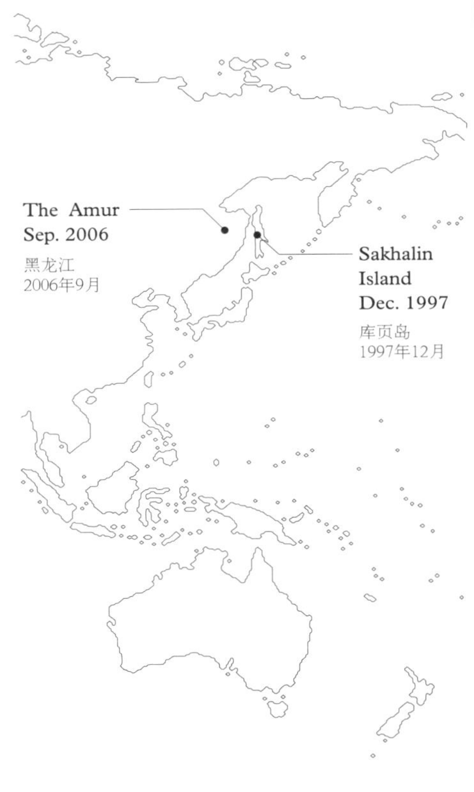

口袋炉。

它把一种固态燃料六亚甲基四胺加工成正方形。即使是再小的火种，也可确实的点火燃烧。

它既不会释放有毒气体，也不会起烟，可完全燃烧，因此使用后无需特别处理。

除此之外，我最中意 Esbit 携带式口袋炉的地方是，它是折叠式小炉子搭配固态燃料的成套炊具，可收于手掌之内的尺寸，即便加上燃料，重量也仅有 170 克。

追溯起源，它发明于一九三六年的德国，由于轻量与简便性，后来普遍被军队采用。可说是在极限状态下也能使用的工具。

当然，小炉子跟卡式炉或填充式炉相比的话，火势较小，无法长时间使用。

本来应当作为紧急状况才使用的工具，但对于单独旅行者来说已十分足够。

轻松收纳于口袋的小炉子，可一扫带着笨重炉子行走的烦恼，是革命性的产品。

一九九七年严冬时期于库页岛旅行时，Esbit 携带式口袋炉就是我不可或缺的工具之一。

因为有它，让我可以在只有黑麦面包跟沙丁鱼罐头的干燥无味餐桌上，得以增添温热的汤点与热咖啡。

在库页岛穿着雪鞋行走。

另外，Esbit 携带式口袋炉不仅是烹调器具。

在风雨交加的夜晚，燃烧的火焰把口中吐出的白烟照亮成红色。我就像是坐在篝火旁，用 Esbit 的火烤手，身子依偎在它前面。

在极为寒冷的天气中，无论是多小的火焰，火所带来的温暖跟安心感仍可窜流到全身。我似乎抵挡不住诱惑，想一个又一个的燃烧掉固态燃料。

我终于了解卖火柴女孩的心情了。

观景天堂大酒店
GUAN JING TIAN TANG HOTEL
浴帽
SHOWER CAP

NO.19

浴帽

Shower cap

至今为止，我不知道受到浴帽多少照顾。

那是饭店提供的免费盥洗用品。

我外出旅行时，经常会在口袋中放入二到三个浴帽。

最常于避雨时使用。浴帽最原始的用途是避免洗澡时沾湿头发，因此是防水的最佳工具。

有时在野外摄影，会遇到突如其来的阵雨，或是在绵绵细雨中却不想错失按下快门的机会。碰到这种情况时，我会把浴帽套在相机上头挡雨。

或者在水花四溅的瀑布旁走动时，我会把手机等不想被水溅湿的东西用浴帽包着，再放进口袋。

如此一来，即使裤子不幸被溅湿，受到浴帽保护的电话通讯设备也可以避免受损。

浴帽也有防水以外的功能。

我曾在原野搭帐篷过夜时，把吃剩的菜装在盘子里，把浴帽当作保鲜膜一样包在上面。如此一来，食物不会沾上灰尘，也不会干掉。即使放隔夜也可以保持食物的新鲜度，继续食用。这是因为浴帽能创造出一定程度的密闭空间，因此得以保存食物。

在野外，浴帽也可以当作捕捉蝴蝶或蚱蜢等昆虫的捕虫网，或是在采

集树木的果实或野生草莓时，也相当便利。

随时把浴帽放在口袋，亦可发挥保护安全的作用。

我于一九九〇年，在智利的首都圣地亚哥，遇到示威群众与军队相互对峙的场面。

军队出动了装甲车，朝着示威群众喷洒催泪瓦斯。

我当时虽然在附近，却幸运的并没有受到太大波及。但是有许多民众都被熏得泪流不止，甚至有人没办法站起来。

自从那次经验之后，我就认为浴帽应该也可当作护身用的工具。

浴帽是透明的，因此不会遮挡视线。但因为浴帽的材质称不上有多坚固，顶多也只能一时救急使用。即使如此，当作摆脱瞬间危机情况的工具而言，浴帽应该可以发挥相当的效果。

为了防范突发状况，我总是随身携带浴帽。

即使没有碰到被喷洒催泪瓦斯的状况，但投宿地点说不定有可能会发生火灾。

当发生火灾时，比起火焰，被浓烟呛死的案例并不少。

虽然浴帽碰到高温时，可能会立即融化，必须多加注意，但逃难时还是可以用沾湿的手帕捂住口鼻，再用浴帽包覆眼睛到鼻子的部位。像这样在紧急避难时用来避免吸入浓烟的情况，浴帽应该能发挥很大的作用。

在迦那高原摄影时，浴帽也是不可或缺的配件。

浴帽的好用之处，不仅是当作平时照相的摄影配件，或是随身携带的防水材料，面临危险时还可立即变成救命工具。

因此，饭店提供的浴帽，不要忘记带走了。

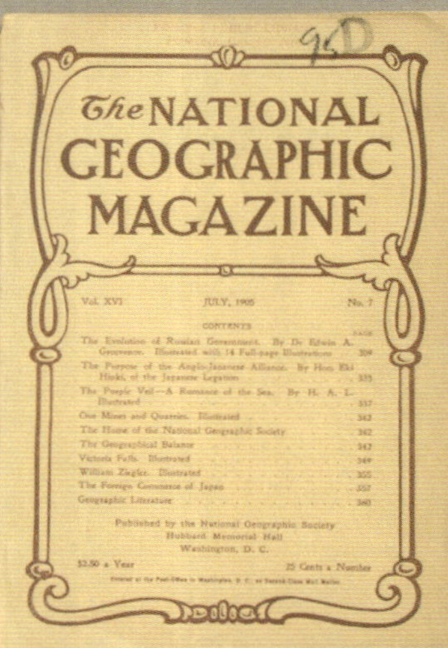
The NATIONAL GEOGRAPHIC MAGAZINE
Vol. XVI
JULY, 1905
No. 7
CONTENTS
Published by the National Geographic Society
Hubbard Memorial Hall
Washington, D. C.
$2.50 a Year
25 Cents a Number

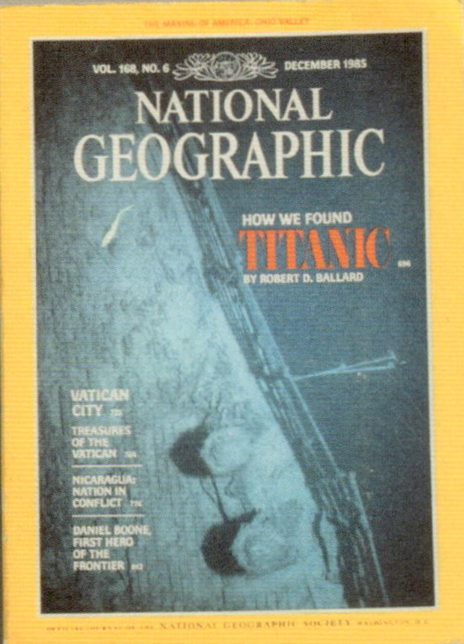
VOL. 168, NO. 6
DECEMBER 1985
NATIONAL GEOGRAPHIC
HOW WE FOUND
TITANIC
BY ROBERT D. BALLARD
VATICAN CITY
TREASURES OF THE VATICAN
NICARAGUA: NATION IN CONFLICT
DANIEL BOONE, FIRST HERO OF THE FRONTIER
NATIONAL GEOGRAPHIC SOCIETY

MARCH 1978
NATIONAL GEOGRAPHIC
LADAKH—THE LAST SHANGRI-LA
THE CHANGE IN SPAIN
WONDROUS EYES OF SCIENCE
THE FISH WITH BIFOCALS
EASYGOING HARDWORKING ARKANSAS
THE THOUSAND-MILE GLIDE
SEE "THE LIVING SANDS OF NAMIB" MONDAY, MARCH 6, ON PBS TV

VOLUME LIV
NUMBER FIVE
The NATIONAL GEOGRAPHIC MAGAZINE
NOVEMBER, 1928
CONTENTS
Special Color Supplement, "Map of Discovery—Eastern Hemisphere"
By N. C. WYETH
SIXTEEN PAGES OF ILLUSTRATIONS IN FULL COLOR
The World's Greatest Overland Explorer
J. R. HILDEBRAND
Venice, Home City of Marco Polo
Life Among the Lamas of Choni
JOSEPH F. ROCK
Demon Dancers and Butter Gods of Choni
Fame's Eternal Camping Ground
ENOCH A. CHASE
PUBLISHED BY THE
NATIONAL GEOGRAPHIC SOCIETY
HUBBARD MEMORIAL HALL
WASHINGTON, D.C.
$3.50 A YEAR
50¢ THE COPY

NO.20 国家地理杂志

NATIONAL GEOGRAPHIC

我到底该走哪一条路呢？

对于正在寻找未来梦想、十多岁的我而言，与《国家地理杂志》相遇的冲击相当大。

我在东京神保町的旧书店，初次拿到封面为黄色外框设计、广为人知的美国杂志。在旧外文杂志的书堆中偶然抽出《国家地理杂志》一九八五年十二月号。封面刊载着被探照灯照亮的海底沉船照片，文字点缀在旁。

“我们是如何发现泰坦尼克号的？”

泰坦尼克号是在一九一二年于大西洋航行时，与冰山相撞而沉没的豪华客轮。一千五百名乘客罹难，是史上最严重的海难事件，也被翻拍成电影。杂志上刊载的，是在海底寻找到泰坦尼克号残骸的罗伯·巴拉德博士的札记。

没想到竟然有人探索到沉睡在海底的泰坦尼克号，真的完成了这项艰巨的任务。除了惊喜之外，可想其追踪过程一定相当惊险。

勤勉地调查历史，建立假设，到现场探查。反复遭遇挫折，最后终于实现了梦想。

我对探险充满了强烈的憧憬。想更进一步阅读该杂志的过去刊物，来

回跑了好几趟旧书店搜购。

每翻开一页杂志内容，引人入胜的照片跟报导文章一再拓展了我的世界观。

无论是哪一期都有新的发现。满载着手心流汗的冒险故事与各式探险的情节。令我不自觉地想："我也想尝试看看这样的事情。"

那就像是宇宙大爆炸般的事件，是我探险的原点。

我受到杂志报道文章的启发，也开始旅行。

《国家地理杂志》一九七八年三月号上刊载着印度北部西藏文化圈的拉达克地区的报道文章。是以封存万年积雪的灵峰为背景的岩山。在那里建有西藏寺院。远离世俗的世界深深地吸引着我。

我实际旅行至当地是在一九八八年四月。就像是进入杂志中的世界，我感到兴奋无比。除此之外，更令我感动的是，即使杂志发刊已经过了十年，同样的景观依然被保留下来。

大学毕业之后到公司工作，无法再自由自在地旅行。忙到只有连假的暑假才能出外旅行。我一拿到工作奖金，就会去买《国家地理杂志》的过期刊物。为了弥补无法旅行的空洞，借由探访杂志的照片与字里行间度过一整个夏天。

该杂志自一八八八年创刊以来，总发行刊次已达一千四百册以上。二十世纪初期或更早之前的杂志都被当作收藏品，价格甚高没办法购买。要找到

在憧憬很久的《国家地理杂志》协会。说明着探险计划。

创刊号，简直是难上加难。

即使是这样，我的书架上头收藏了数百本的过期杂志。墙的一整面清一色都是黄色。

炎热夏天的夜晚，我一本又一本地拿起杂志阅读，沉浸于世界各地的冒险旅行中。它不只记载着探险的纪实，更是探险的数据库。

即使是现在，当无法出外旅行时，我就会打开黄色封面的杂志，仰望那遥远的天空。

NO.21 莱卡 M9 相机

Leica M9

相机是探险不可或缺的东西。

虽然是这样说，但旅行装备之中最令人头痛的项目就是相机了。带着相机机身跟几个替换镜头行动，重量实在相当可观。三脚架、备用电池、充电器等也必须随身携带。

自从拥有莱卡相机之后，大幅改善了这个烦恼。

莱卡 M9 相机是联动测距式的数字相机。

单眼相机会在镜头与感光组件之间配置镜子。因此，相机机身的构造又大又重。连动测距相机内没有镜子，所以机身做得特别小。

连动测距相机使用距离测量计与镜头对焦，与制作地图时使用的三角测量是一样的原理。只是窥视观景窗，好像在测量未知的世界，令我兴奋不已。

说起来，我跟莱卡相机的相遇完全出于偶然。

德国相机制造商莱卡 AG 曾举办“莱卡·探险者”企划，主旨是循着过去伟大探险家的足迹，把旅途中拍摄的照片与游记上专至特定网站。我被该企划选中，他们提供给我一台莱卡相机，并赋予我追踪英国海洋探险家库克船长的任务。

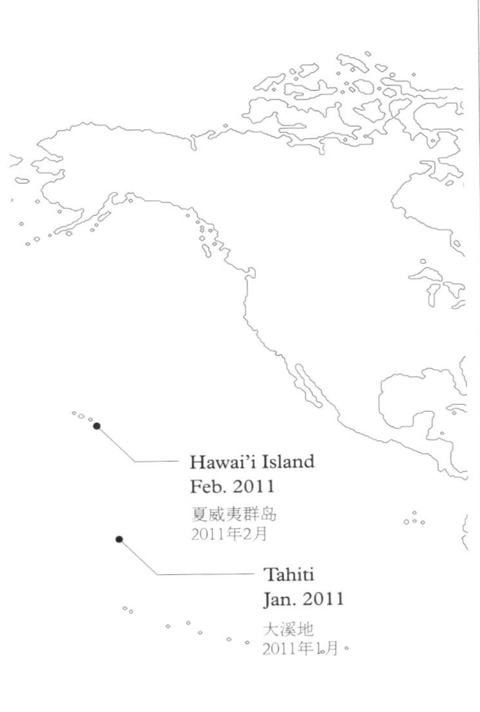

说到莱卡，对摄影喜好者而言是如同传说般的存在，更是以支持探访未知世界的探险家而闻名。探访丝路的斯文·赫定，初次登上珠穆朗玛峰的希拉里，旅行至非洲的人类学者弗罗贝纽斯都曾获授莱卡相机。

相机是为了记录而存在。是为了将发现到的事物传达给人们的工具。对于旅行至鲜少人探访的遥远土地的探险家而言，相片是记录未知世界的客观事实所不可或缺的工具。而"莱卡·探险者"正是继承莱卡相机冒险精神的企划。

针对三度航行世界的库克探险队进行调查后，我发现了一件有趣的事。探险队中有画家随行，画下当时所见的风景、生物与当地人，或是画下日常生活所需的用具。

在没有照片的时代，那些画记录了探险队所发现的未知世界。

我寻找到风景画所描绘的大溪地现场，架起相机。

往相机的观景窗里看，景象刚好收于 35 毫米的框线内。

虽然距离库克船长的时代已经两百年了，但山势与海岸线却忠实地被描绘下来，着实令人十分惊讶。

但也有例外。那是在库克逝世的夏威夷群岛的凯阿拉凯夸。我取了跟风景画一样的景，把岬湾拍入照片中，但画中的聚落遗迹却怎么也无法放进照片里。我发现画家当时刻意将面向海洋、位于背后的聚落放进风景画中。到

库克船长也看过大溪地的这番景色吧

底是为什么呢?

我猜想，画家可能想要把杀害库克船长的当地人的存在画下来吧。

画家主观地改变了风景。把相机朝向风景，我仿佛解开画中所隐藏之秘密的感觉。

虽然仅是一台相机，却瞬间连结起过去的探险队与现代的我。

一龍齋貞丈師題

登録 珍豚美人（ちんとんしゃん）

銀座 梅林

NO.22

银座梅林的筷袋

Chopsticks' case of "Bairin Ginza"

我在出国之前，必定会吃过猪排盖饭后才出发。

吃猪排盖饭无非是迷信。若没有吃猪排盖饭就出国，我的内心就会惶恐不安，担心会遇到什么最坏的状况。至今超过五十次的海外旅行，出发前一定会吃猪排盖饭，每次也都平安无事归国。因此，与其说是迷信“好兆头”，不如说是吃了可“祛除厄运”①。

这个习惯开始于一九八八年。有一次我去爬喜马拉雅山，在山径中遭遇山贼打劫，千钧一发之中逃过一劫。十分庆幸能仅以身免，脱离险境平安回国。

仔细想想，在这之前的旅程，每次出发前一定都会吃猪排盖饭。但我并不是刻意挑选猪排盖饭，当时只是想在出国前去吃一下短期间内无法吃到的日本食物，当时映入眼帘的是荞麦面店，但只吃面食总觉得无法饱足，因此选择了猪排盖饭套餐。

虽然只是这么单纯的偶然，但想到当时可以免于死难归来，我便深信应该就是吃了猪排盖饭的关系。

往后，即便出国前忘记接种疫苗，

① 猪排盖饭日文读音为 ka–tsu–don，与“胜利”的读音 ka–tsu 相同，因此有带来好运、胜利的意思。有些店家也会写作“胜丼”。

我也不会忘了要吃猪排盖饭。

不知道何时开始，吃猪排盖饭成了我出国前的仪式，而银座七丁目的“梅林”则是我固定报到的店家。

其中，梅林的猪排盖饭特餐是最好吃的。淋上蛋汁后再打上一颗蛋，仿佛太阳在碗中散发光芒，是碗耀眼的猪排盖饭。

只要吃过一次梅林的猪排盖饭，就可以了解何谓猪排盖饭。它完美具备了猪排盖饭所有的要素：肉质柔嫩、浇淋在白饭上的蛋汁，以及适度吸收了酱汁美味的猪排外衣。

猪排盖饭另外附有味噌汤跟腌渍小菜。一边喝着小瓶啤酒，一边张大嘴吃着猪排肉。

此时，可谓是人生最幸福的时刻。

每次到梅林吃猪排盖饭特餐时，我都不禁这样想。

“为了要再吃到这猪排盖饭，我一定要回来！”

虽然只是个猪排盖饭，然而为了再尝到这美味所发下的誓言，是认真的。

吃完后，我总会把梅林的筷袋带走。对我来说，那就像是到神社参拜后取得的护身符。

紫色的筷袋上用白色字写着“珍猪美人”（日文发音为 chin-ton-syan）。听说它源自讲谈（日本传统说书表演）的第五代传人一龙斋贞丈老师送给店家的色纸。“chin-ton-syan”指的是三味线的音色。“珍猪美人”的名称融合了

梅林的猪排盖饭特餐。心无旁骛地吃着。

语言的趣味，并把珍贵的猪写成美人，看似胡闹，但又十分幽默。

在荒野中被孤独折磨时、在穷途末路时，我会偷偷地从衣服暗袋中拿出筷袋。

“我不是吃了猪排盖饭了吗？”

如果筷袋闻风不动，就仿佛给了我勇气。

但身在异乡，禁忌不时把它拿出来看。

因为，不经意凝望时，会使思乡情绪更加强烈而感到痛楚。

0
20 20
40 40
– °C +

NO.23 温度计 Thermometer

曾偶然在旅途时发现某些东西，最后因爱不释手而买下来。

一九八七年三月。在莫斯科让我驻足不忍离去的温度计就是其中之一。我并没有刻意寻找温度计，但一看到它就觉得非买下它不可。

那是玻璃制的小温度计，为了方便携带，另附有钥匙圈。

最令我喜爱之处，是可测量范围为60摄氏度到零下60摄氏度。

一般日本常见的温度计，可测温范围顶多从50摄氏度到零下30摄氏度而已。

这个温度计的测温范围反映了此国家的冷暖范围。

依据过去的纪录，东北部的萨哈共和国的奥伊米亚康在一九二六年曾观测到零下71.2摄氏度。

如果用这个温度计来测量的话，指针应该会破表吧。

另外，我在乌兹别克的撒马尔罕时，听说哈萨克的首都阿斯塔纳最高温度曾高达42摄氏度。当时两国都是苏联的成员国。

那气温差距让我体会到大陆型国家的规模，更感受到其中的浪漫。

我买了温度计后，立刻就走到外面试试。

指针马上开始移动，指到零下 20 摄氏度的刻度。

风吹打在脸上，两颊便觉得刺痛。耳朵冷到好像刀割般疼痛。

连续数日在寒冷的天气下度过的话，由耳朵的疼痛程度就可以知道外面的气温是比零下 20 摄氏度高还是低了。

就在这每天测量温度的日子中，我发现一件有趣的事。

有一天，寒流减弱，天气热到会出汗。我不假思索就脱掉毛衣。

但是，一看温度计，是零下 10 摄氏度。

我马上又穿回毛衣。但仍觉得很热。最后还是把毛衣给脱掉了。

我以为气温是零下一定很冷，很冷就不会流汗吧。

但实际上人类的身体会因为温差而有所反应，例如出汗、感到寒冷。

至今我在世界各地体验过的最低气温是在旅行苏联（现在的俄罗斯）之际，气温零下 35 摄氏度。

当温度降到零下 30 摄氏度时，就可感受到寒冷的威力。像是受到压力一般，身体僵硬，无法随心所欲的活动。当时，感觉全身有如蜡像般的僵硬。

极端寒冷的天气好像会夺走生命一样，焦虑恐惧席卷而来。

但是与当地的人们接触之中，我知道了有趣的事情。

面对强烈寒流，俄罗斯人并不是抵抗它。他们反而把寒流称之为

九月的黑龙江。听说不久之后河川就要结冰了。

Moroz(俄罗斯民间传说中的冰霜精灵)而欢迎它。

极为寒冷的天气得以磨炼心性，驱逐邪恶不洁之物；可以锻炼身体，获得健康。因此，也有人会在寒冷气候中冰泳。

俄罗斯的温度计不只是测量气温而已，甚至可以观测出当地的文化与思想深度。

带着温度计旅行极寒地带的经验，尔后也应用在西伯利亚探险中。

NO.24

Willis & Geiger 背心

Willis & Geiger

有一个可以称之为“传说”的探险服品牌。那就是一九〇二年创立的“Willis & Geiger”。

大文豪海明威穿过的猎装夹克。

完成单独飞行横越大西洋的美国飞行员林德伯格所穿的飞行夹克。

美国总统艾森豪威尔的钓鱼背心。

不只这些，它的顾客名单里，有征服珠穆朗玛峰的希拉里，从挑战南极的阿蒙森到伯德，女性飞行家埃尔哈特也在名单之中。不仅受到户外活动人士的喜爱，完成探险伟业、于世界探险史留名的探险家们身上所穿的衣服就是 Willis & Geiger。

它起源于英国的地质学家本·威利斯为了自己的探险所需而发明的衣服，之后获得探险家们的信赖。因为衣服是守护性命的工具。

然而，Willis & Geiger 却在上世纪七十年代不幸破产。数年之后，由海军飞行员，也是纽约探险家俱乐部成员之一的伯特·阿维顿自身的经验与热情，挑起 Willis & Geiger 品牌重生希望。

实际上，我曾跟阿维顿先生通过数次信件。

我通过探险家俱乐部认识他，他

对于我当时正进行的鲁滨逊·克鲁索岛探险有所共鸣，寄给我宝贵的文献复印件。他打从心里深爱探险，即使像我这种位于世界另一端、抱着梦想的无名小卒，他也给予我最大的支持。从他身上，我感受到 Willis & Geiger 的精神。

我对 Willis & Geiger 灿烂辉煌的历史充满憧憬。更进一步的邂逅之后，我探险时一定选择 Willis & Geiger 的衣服。

其中我最钟情 Rift Valley 背心。

它不仅是衣服，还是穿在身上的工具袋。它有七个口袋。有许多口袋的背心并不稀奇。钓鱼用的背心也有多个口袋。

伸进 Rift Valley 背心的口袋中，感受明显不同。里面另外接有布料，内部剪裁为两段，一个口袋可实现两个口袋的功能。我在新西兰追踪库克船长时，就是将地图、数据跟相机替换镜头放在口袋里带着走，非常方便。另外，口袋的大小是预先设想可放进去的物品而设计的，这点很贴心。从放墨镜的胸前口袋，到放指南针或替换贴身衣物的收纳空间都有。

使用高密度的 340 Bush poplin 布料，将长纤棉的埃及棉，捻制成高密度的布料，因此蚊子等虫类不会接近。排出的汗可以快速蒸发，即使是突如其来的雨，也会在布料上形成水珠落下。因此被称为史上最强的背心。

可惜的是，在二十世纪九十年代，阿维顿先生的 Willis & Geiger 也退

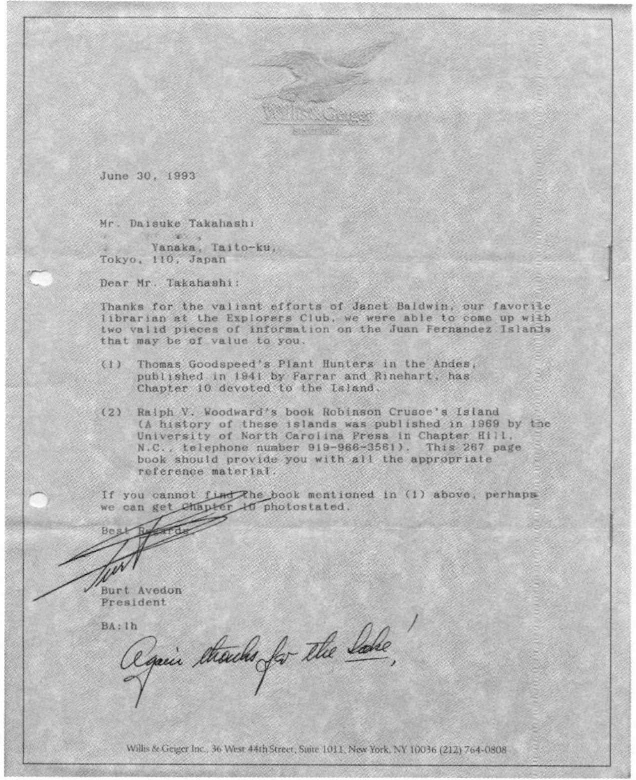

Willis & Geiger

June 30, 1993

Mr. Daisuke Takahashi
Yanaka, Taito-ku,
Tokyo, 110, Japan

Dear Mr. Takahashi:

Thanks for the valiant efforts of Janet Baldwin, our favorite librarian at the Explorers Club, we were able to come up with two valid pieces of information on the Juan Fernandez Islands that may be of value to you.

(1) Thomas Goodspeed's Plant Hunters in the Andes, published in 1941 by Farrar and Rinehart, has Chapter 10 devoted to the Island.

(2) Ralph V. Woodward's book Robinson Crusoe's Island (A history of these islands was published in 1969 by the University of North Carolina Press in Chapter Hill, N.C., telephone number 919-966-3561). This 267 page book should provide you with all the appropriate reference material.

If you cannot find the book mentioned in (1) above, perhaps we can get Chapter 10 photostated.

Best Regards,

Burt Avedon
President

BA:lh

Again thanks for the Sake!

Willis & Geiger Inc., 36 West 44th Street, Suite 1011, New York, NY 10036 (212) 764-0808

W&G的阿维顿社长捎来的信。

出了市场。之后虽然转手至罗兰爱思与Lands' End，但并没有复活的征兆。Willis & Geiger 再次成为传说。

Rift Valley 背心现在是最难买到的背心之一。

NO.25

地球仪 1745

VAUGONDY GLOBE 1745

旅行的时候是要带地图好呢？还是带地球仪好呢？

如果只在意轻量、不占空间的话，地图绝对是最佳选择。

为了要把握当地最正确的地理位置，地图是能提供最新且详细内容的工具。

但是，探险旅行持续一段时间后，就发现只有地图稍嫌不足。

我是在进行“莱卡·探险家”之旅、追寻库克船长的足迹时注意到这个问题。

库克船长在十八世纪为了寻找未知的南方大陆“Terra Australis Incognita”，三度航行世界，发现了当时欧洲所不知道的澳大利亚东岸与新西兰。

他在夏威夷虽然被当地人认为是神仙下凡，但情势一变，最后却被他们杀害而死于非命。

以这两百年前探险家的世界为旅行目的。看似简单、但要付诸实行却相当的困难。

我再怎样旅行、也是身处于现代世界。在这之中，到底要如何感受库克船长过去的经验呢？

我重新阅读了他的航海日志，试着将他的足迹一一在地图上确认。如

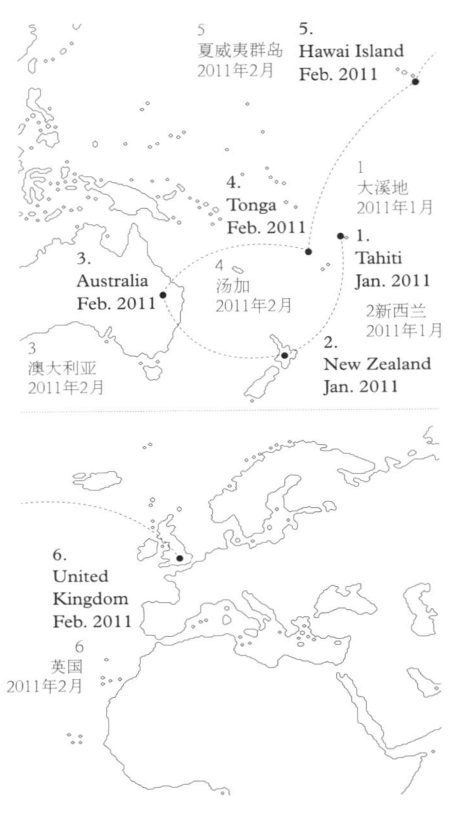

此，我画出了他的航线。然而有模糊不清的地方。

他因为在应该什么都没有的远海发现岛屿而吃惊，对于没有找到原本深信应存在的陆地而感到失望。看着现代的地球仪，实在无法想象当时的他是有多么惊奇，又是多么失望。

如果不能理解他的情感，这趟旅程根本称不上追寻他的足迹之旅。

就在这一筹莫展之际，突然想到，我的书架上有一个一七四五年的地球仪。

那是我数年前，在大英博物馆礼品部购买的古老地球仪复制品。当时的我并不是对一七四五年的世界有兴趣。即使买了，也只不过在好几个夜里，边喝酒边看看它而已，除此之外没有任何帮助。

尽管如此，心中还是还是有个声音告诉我，这东西总有一天会派上用场吧。

我虽然并不常冲动购物，却会“灵光一闪购物”，那个地球仪也是在灵光一闪之下购买的。

我从书架上拿下来时吓了一跳。没想到地球仪上所标示的，就是库克船长展开第一次航海旅行（一七六八年到一七七一年）之前的世界。

在那个地球仪上并没有新西兰或澳大利亚。只有一片汪洋无际的大海。

我可以真实的感受到库克船长是旅行至怎样的世界了。

那是世界还充满了未知与幻想的时代。

库克船长曾探险过的汤加古代遗迹。

我于二〇一一年一月，带着一七四五年的地球仪出发旅行。

这是一趟以大溪地为起点，然后是新西兰、澳大利亚、汤加、夏威夷，最后造访库克船长的故乡英国，环游世界一周的旅程。

与古代的地球仪一起旅行，激发了我的想象力，那是一场如同时空旅行般的惊奇体验。

古代的地球仪便是如此探险的必备之物。

SONY

NO.26

索尼短波收音机

SONY World Band Receiver

探险时，深入无人地区后，会经常感到孤独。

这时能慰藉心灵的是短波收音机。

我爱用的索尼短波收音机，虽然仅有200克，尺寸轻巧易携带，但可以收听短波、中波、FM的广播。那是我二十年前购入的，带着它一次又一次地踏上旅途，表面已出现裂痕。尽管如此，它还是尽忠职守的确实接收电波，持续运作着。

我第一次在旅程中听短波收音机是在一九八九年的撒哈拉沙漠。

我在阿尔及利亚的塔曼拉塞特，跟一位纵贯沙漠的日本自行车骑士成为好朋友。在他的帐篷里有一个短波收音机。

打开开关后，虽然电波有点微弱，但可以听到日语从收音机传出。

人声嘈杂，司仪的声音高亢。是相扑的实况转播。

不知为何有种既奇妙又滑稽的感觉。突然之间，眼前的褐色沙丘变成土俵（相扑的竞技场地），相扑力士们就在咫尺之前你来我往地角力，顿时陷入了错觉。

我不是在距离日本好几千公里的地方吗……比赛的最后一战，由千代

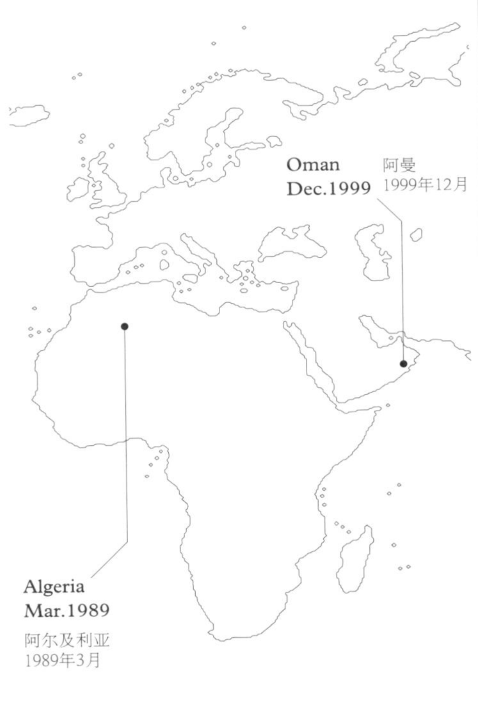

的富士胜出。不禁觉得，原来家乡是那么的近。

收音机的短波广播，是利用比 6000 千赫还要短的波长在电离层反射来传送电波。电离层位于大气层的上层，是从高度 60 到 500 公里的上空，依据不同的条件会稍有不同，在那边反射的电波会传送到世界各地。

我也好想要这样的东西，购入后便带着索尼短波收音机一起旅行。

借由中波与 FM 收听当地的音乐，是一件相当愉快的事情。可以感受来到异国的喜悦。另外，用短波播送的英国 BBC 或是美国之音新闻，对于掌握当地旅行安全信息而言，是有效的情报来源。在发展中国家，你不知道何时会发生政变；而且，在语言不通的国家若卷入地震等天灾时，是否能收集到正确的信息是划分生死的关键。

至今，旅行海外利用收音机收听短波广播，有次经验和相扑转播一样令我难忘。

一九九九年的除夕，我人在阿拉伯半岛南端的阿曼。

日本跟欧美等国，正准备从二十世纪迎接新的二十一世纪。然而伊斯兰教文化圈使用的历法有别，因此完全没有过节的气氛，村庄跟着日暮一同滑入沉静中。

我钻进被窝，打开短波收音机。

无人地带绵延无际的撒哈拉沙漠。短波收音机驱除了寂寞。

传来的是演歌的旋律。

仔细一听，这不是八代亚纪的《船歌》吗！

是红白歌合战[①]。

我开始怀念起不知道多久没有回去过年的故乡。

父母亲现在应该正吃着跨年的荞麦面吧。

身处异乡，独自一人的跨年。像是中断蔓延中的孤单情绪，外面的清真寺传出召唤穆斯林祷告的呼拜声。

我觉得自己好像身处于相当遥远的国度。

① 日本每年十二月三十一日跨年夜的歌唱对抗比赛综艺节目，类似于我国春节联欢晚会。

CYBEROPTIX

NO.27

领结

Bowtie

说到探险，总离不开丛林或是沙漠、汗流浃背与灰头土脸的印象。

虽然那的确是事实，但实际上并不是每天都那样千篇一律。在计划之中，真正远离文件、来到荒野的时间，不过只是冰山一角。

我在二〇〇三年时造访了南美洲的智利首都圣地亚哥。为了进行鲁滨逊·克鲁索岛的调查，我在当地市政府和代书办公室之间不断来回奔波。

每天被文件追着跑，几乎无法去调查现场。结果，为了为期约一个月的探险，却花了一年以上的时间准备。

当然不只申请许可而已。

即使是现在，为了要实现计划，必须东奔西走，想尽办法向人们寻求必要的合作与资金。

从社交圈的宴会到大使馆主办的观光研讨会、企业的公关室长聚会等等，如果有这些活动的话，无论在何处举办我都一定会参加。

我曾在东京做过十三年的广告代理商，知道打领带的方法。但现在，我出席正式场合并不是打领带，而是系领结。领结比领带更好收纳，而且不用特别挑选合适服装。虽然表面上是这样的理由，但更根本的

原因是，我认为探险家不要打领带会比较好。

那是起因于某一次的经验。

有一回，我和广告代理商的业务负责人一起拜访东京的公司。我当时穿着西装、打领带，跟广告代理商的人所穿着的服装并无差异。我以为这是不会太标新立异、最安全的选择。

开始简报后，我奋力地解说着我的计划内容。但是公关负责人对于此企划能为公司的营业额带来多少贡献抱持疑问，我的提案当场就被打了回票。

愿意赞助探险计划的企业本来就比较少，我已经习惯被拒绝了。

但是，数次碰到一样的反应之后，我发现西装配领带的组合可能有点问题。

打上领带的话，说起话来就会像商人。

无人岛、沙漠，这些话题没有真实感。一定会被认为充满铜臭味、是为了赚钱而来的吧。

果然，探险家必须要有探险家的样子才行。

只有猎装衬衫也是可行，但我还会刻意系上领结。

领结不会像领带有商业的铜臭味，可以将充满野性的探险服装，自然地转换成正式服装。甚至可营造成熟人士的优质游憩探险氛围。

是否能获得对方的赞助，关键就在于对方是不是能感受到这股探险的

文豪史蒂文森位于萨摩亚的宅邸。我系着领结出席宴会。

氛围。

领结是连结探险现场的浪漫与你争我夺的现代社会之间的桥梁。

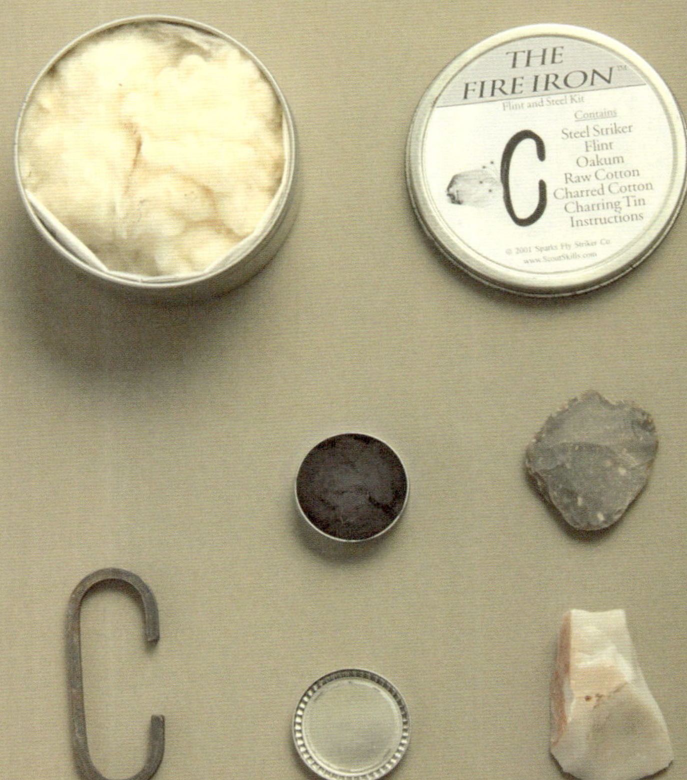
THE
FIRE IRON™
Flint and Steel Kit
Contains
Steel Striker
Flint
Oakum
Raw Cotton
Charred Cotton
Charring Tin
Instructions
© 2001 Sparks Fly Striker Co
www.ScoutSkills.com

NO.28

打火石生火器组

THE FIRE IRON

一切始于火，终于火。

如果要我用一句话总结何谓野外求生术，我会这样回答。唯有能够自由地控制火，才是求生不可欠缺的条件。

在没有打火机或火柴的情况时，要如何生火呢?

遗憾的，在这种情况下要生火，难度很高。

我曾经挑战过好几次钻木取火。

这个方法，是把棒子垂直立在木板的凹陷处，一边按压，一边用两手旋转棒子使两者相互摩擦。

我曾在电视上看过非洲的马赛族利用钻木取火,成功生火。强而有力、充满肌肉的手臂，像是发条装置般动作，无需多少时间火就升起来了。我不只是感动，而且充满了憧憬，之后便深信“男人就是要用静默的钻木取火方式生火”。

我虽然实际尝试过好几次，但连个烟都没冒出来。为了让木头着火而持续转动棒子，最后两只手臂的肌肉发麻，手掌发红脱皮。

那造成了我心灵创伤，即便到现在，我仍然不擅长钻木取火。

当时为了再现鲁滨逊的漂流生活，得知他主要的生火方式并不是钻

木取火法时，我松了一口气。

独自一人存活在无人岛的他是使用“Flint and Steel”，也就是打火石跟钢铁片。他将两者相互碰撞摩擦以打出火花，点燃火种。

使用打火石是自古以来最广为人知的生火方式。

实际上到底要如何生火呢？很幸运，在苏格兰国立博物馆工作的友人，介绍了一位专家给我。

我拜托他带我入门。

但没想到，用打火石生火也颇有难度。

左手握着打火石，右手拿着钢铁片由上往下敲打，但试了好几次，没溅出火花，反而用石头打到自己的手。痛到我忍不住叫出声来。

指导员看不下去我如此笨拙，便告诉我课程到此结束了。

后续只好在自家练习。

对于自己的不中用感到很焦躁，我暗地发誓无论如何都要习得这门技术。于是，我买了“Flint and Steel”。小罐子里面放有打火石、石头、软炭布、麻线（麻绳拆解之后的线材）与生火方法的说明书。

不可思议的是，当拿到这些工具之后，干劲又涌了上来。

我又练习了好几次，渐渐抓到诀窍，像是使用火柴一样，只要将打火石跟铁片摩擦，就会四散出火花。接下来的步骤非常简单，只要点燃软炭布的

如果没有火的话，就没办法吃这顿晚餐了。于鲁滨逊・克鲁索岛。

火种就行了。然后迅速用麻线把它包起来，吹气后，火焰就会窜出来了。

成功了！手中握着火的感动，有着独特的幸福感。

习得生火技术后，该出发至鲁滨逊·克鲁索岛了。

但是，现在鲁滨逊·克鲁索岛已变成国家公园，有慎防篝火等相关禁止规定。

鲁滨逊曾经生活过的岛屿，现在已经变成难以成为鲁滨逊的地方了。

for checking use

NO.29

Pentel Multi 8 色彩色铅笔

Pentel Multi 8

虽然很想带着彩色铅笔一起旅行，但带了会很重。又占空间。Pentel 的“Multi 8 色彩色铅笔”可说是为了解决有这个烦恼的旅行者而制作出来的产品。

一支笔的笔轴中可以放进八支彩色铅笔的笔芯，旋转笔夹便可选择想要的颜色。八种颜色的彩色铅笔，浓缩在一支铅笔中，且重量仅有 15 克，是出色的产品。

对探险而言，铅笔或圆珠笔是做纪录的必需品，而彩色铅笔可增添色彩，让文字跃于纸上。

造访调查现场时，必须在短时间内记录下大量的信息。访谈当地居民、现场的素描、挖掘出土物件的实测图、测量数据、下回待办事项明细表、访谈对象与机关的地址、电话号码，或是应参照的相关数据名称……

一天结束之后，再回头看自己字迹潦草的笔记本，就会觉得头脑混乱。这时，我会拿出 Multi 8 色铅笔，依内容性质画上不同颜色。

红色是访谈，蓝色是数据，绿色是联络方式。

只在笔记本的角落涂上颜色，那一页写了什么东西就能一目了然。颜色可使情报索引化。

另外，无论是描绘多么简单的地图，我都会涂上颜色。在一条道路的侧边涂上绿色，就代表草地或草木茂盛的意思，蓝色就代表海岸线的道路。

在记忆犹新时，这些都可能只是鸡毛蒜皮的小事，但数年之后再回头看，对于回忆起当时周遭的环境有很大的帮助。

颜色在与他人沟通时也有很大的帮助。

在语言不通的国家，我会用辞典查询外文单词，写在笔记本上给对方看。

我在一九九七年时位于库页岛的霍尔姆斯克城，当时快赶不上电车了，因此紧急请求他人协助。

我用红色的铅笔写下“车子”、“紧急”的单字。

我借由这么做引起他人的注意，最后总算平安度过。

有色彩的文字可以传达出黑色文字无法产生的强化印象效果。

当然，随身携带着彩色铅笔，就会有想要画图的时候。

同年冬季的库页岛，一到夜晚什么事情也没办法做，这时我就会拿出 Multi 8 色彩色铅笔，一边咔嚓咔嚓地转动着笔帽，一边把映在脑海的街景描绘出来，度过漫漫长夜。

贩卖冰冻得像棒子般渔获的鱼贩；把孩子放在雪橇上，进到商家采买东西的主妇……

库页岛素描，描绘遇到的风景与人物。

我发现，我和旁人既无交谈、眼神也无交会，但对瞬间擦身而过的人们的身影，却留下深刻的印象。

虽然仍是冷到会缩紧脖子的冬季，但看到图画上的咖啡色大衣跟帽子，就觉得很温暖。

仅是一边回忆，一边尝试描绘，也可以发现很多东西。

NO.30

Tasco #516 单筒望远镜

tasco monocular

应该带去吗？还是放着不要带好呢……

双筒望远镜时常让人有这样烦恼。因为会带相机，使用相机的望远镜头可以看到一定程度的远处。为了减轻装备重量，大部分都不会携带望远镜。

但是，并非所有的相机都备有望远镜头。

因此，我选择单筒望远镜作为旅行的伙伴。

Tasco #516 单筒望远镜刚好可收于手掌心，重量仅有 70 克。

倍率为 8 倍，对焦有效距离则为 20 米，在单筒望远镜之中算是高倍率。放进口袋也不会觉得重，想用的时候，马上可以拿出来。

并不限于双筒望远镜，使用一阵子单筒望远镜后，有点在意的地方是，从站立位置到可见之处的距离。

我在一九九九年至英国南部寻访罗马古道的遗踪。

从温彻斯特到索尔兹伯里、蜿蜒约 40 公里的古径，与可追溯至三世纪的罗马古道重叠。

一到当地，路径确实绵延在树林与石南树丛之间，氛围让人宛如身处古代。

终于，走到了一分为二的岔路。因为没有指标，我不知道该往哪一边走才好。

看地图，好像应该往左手边方向。

但是，使用单筒望远镜确认，看到路的前端有树林，路径似乎消失在茂密的树丛中。

没办法，只好走到树木那里看看，如果不行的话就折返。

但到树木那里的距离有多远呢?

这时我有个方法。

我伸直单手，呈水平，竖起大拇指。闭上一只眼睛，调整视线使大拇指与树木重叠。

然后手保持不动，切换另一只眼睛看，就会发现大拇指会水平移动。

大拇指移动的距离，是 6 棵树的高度。如果一棵树的高度为 10 米，距离就大约为 60 米。计算方式相当简单，把算出来的距离乘上 10 倍，就是至远方树木的距离。也就是 600 米。

这个方法是利用水平伸直的手的长度，是两眼之间长度的 10 倍而计算出来的。

虽然不是很严密的测量方式，但可以计算出大概的距离。

此外，人类步行时速为 4 公里，因此走到树木那再折返回来的时间，大约会花费 18 分钟。

索尔斯伯里附近有巨石群。

就这样，我走向左边的小径。果然路径淹没在茂密的树丛里。

没办法，只好折返，抵达终点的索尔兹伯里时已是日暮黄昏了，而且伴随着倾盆大雨。

如果不是这么悠哉测量距离，就不会遇上这样的结果了。觉得有点后悔。

Ruban

NO.31

卷尺

Measure

虽说工具可以大材小用，但对于必须把行李缩减到最小的单独旅行而言，没有意义的大型工具是禁忌之物。能否把小东西的功能最大化并活用，是为关键。

测量东西大小的卷尺也是相同的道理。

外出旅行时，我会带两种卷尺。Major 跟 Convex。

Major 是柔软的塑料卷尺，测量物体的尺寸或是立体物周围的长度时相当方便。Convex 则是薄金属制成的卷尺，可以用来单手测量物体的高度。

我有两个卷尺，大小大概都是边长 4 厘米的正方形，Major 可测量 1.5 米，Convex 最大可测量 2 米的东西。

当然，这样规格的卷尺并不长，可以测量的东西恐怕有限。

我一开始也很不安，犹豫是不是应该带比较长的卷尺。我不止一次思考这样的问题。

但是，即便是测量寻找到的遗迹，对于以发现事物为目的的探险而言，长卷尺并没有太大的意义。

那是我到西伯利亚寻找遗迹时的事情。我想找出间宫林藏于一八〇九年所造访的德隆交易所的遗迹。

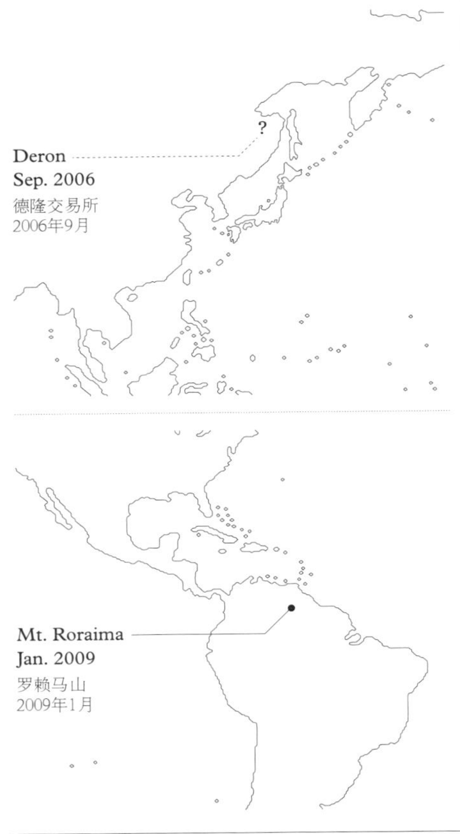

依据古书记载，交易所面积约为 14 到 15 间的四方形。换算成米的话，单边长度约为 25 到 27 米。

我把这个数字记在脑中，展开荒野探险。

但是，当身处于茂密的白桦树林和山白竹林（叶片很大的竹种）中时，事实上很难想象交易所到底有多大。

原本以为只要知道数字就可以知道大概的面积，实际上却无法确实掌握。

于是，我测量了自己的步伐距离，再计算交易所单边长度大约等于几步。一个步伐距离约为 70 厘米，换言之，交易所单边约为 36 步至 39 步。以这个概念走一遍，就会知道实际的大小。这么做，可以切身了解接下来要寻找的是大概多大的东西。

在斜坡上无法确保步伐距离均等时，改为测量双手张开的距离即可。双手张开的距离大约等同身高。记得这个信息的话总会有点帮助。我双手张开的距离约为 174 厘米。

二〇〇九年在南美洲圭亚那高原的罗赖马山，我每天都睡在山洞里。为了确认是否能在岩石裸露的狭小地面上架设帐篷，我张开双手，目测地面宽度，以确保晚上的睡眠场所。

不只是脚或是手臂，手指头的长度也可当作测量的单位。事前测量拇指

罗赖马山山顶。每天都在洞穴中搭架帐篷。

跟食指的长度，拿到东西就可以测量大概的尺寸。

把食指跟拇指张成L形，食指约为10厘米，拇指则约为7厘米。把苹果拿在手上，就可以算出的直径。

试着换算成自己的身高，方可实际感受到物品的尺寸。如果有能够测量自己身高的卷尺，应该就能凑合着用了。

这就是所谓的“大材小用”。

OSPREY

NO.32

OSPREY Sojourn 28 拉杆式背包

OSPREY Sojourn 28

旅行装备最重要的概念，就是轻量化。

沉重的行李会使得移动范围缩小。让自己发现新事物的机会从指尖溜走。

行李轻量化的概念必须时时刻刻谨记在心。

我最先做的是，条列出装备明细，把装备全装进背包里。大部分的时候，都因为携带物品过多，没办法全部塞进去。即使全部放进去了，也会因为行李太重而不知如何是好。

这时候，我会把背包中所有的物品拿出来，摊放在地板上，一个一个审视。

有没有重复的东西？有没有更轻更小的替代品可以替换？ 犹豫不决、无法决定是否要带着的东西，则是心一横把它从清单中删除。

关于行李打包方式，我有自己经年累月的作风。首先，最基本的是选择主要的背包。

背包尽可能要大，且可以收纳很多东西者为佳。但是，很重的背包则不在讨论范围内。在印度或是非洲，有时行李会被丢到巴士车顶上的置物架。因此，背包必须坚固，无论遭遇什么情况都能安然无恙。在机场或

是城镇里移动时，有轮子的轮袋(Wheel bag)会比较方便。但是，有时要登山，有时会碰到赶飞机或电车而必须奔跑的情况。这时候又会希望包包可以背在身上。

为了寻求如此理想的背包，我不知道投了多少钱下去。

终于，我找到了OSPREY Sojourn28拉杆式背包。

背包的容量为80升，重量为3.58公斤。它既为轮袋，也是背包。它是黑色的，这点也让我很满意。虽然红色或黄色的包包在山难时可显而易见，但在海外探险时，可能会被当作是观光客而被卷入犯罪事件。

OSPREY系列中也有60升的背包。但我选择大了一号的80升背包是有理由的。为的就是收纳全部的东西。

实际去旅行时，除了主要背包之外，还会零散地带着侧背包跟相机包。最重要的是，把所有的东西都收纳在主背包中。带着数个包包在身上四处移动，不仅麻烦，还会分散注意力，是遭窃或遗失物品的主因。另外，将包包上锁、放在住宿处，也能充当仓库的作用。海外旅行时，数据、样品、纪念品等行李会增加。考虑到这些行李所需的空间，80升的包包是最佳容量。

在主要的旅行袋里，我还放了折叠式的托特包跟超轻量的收纳袋。我会把主背袋放在作为基地(Base camp)的饭店，然后携带小型包包上山下海。

二〇〇九年，在南美洲的圭亚那高原探险时，我把主要的包包放在首都

登上桌山（Table Mountain）的山顶。

加拉加斯一位朋友家中，只把必要物品装进收纳袋带出门。在探险现场则把收纳袋放在帐篷里，背着侧背包在四周展开探险。

探险时的包包，如此火箭般分割式的携带方法是最佳选择。

NO.33

印花头巾

Bandana

我旅行时一定带着印花头巾，而且一定是红色的头巾。

会开始携带红色印花头巾，是起因于一件难以忘怀的事件。

一九八八年三月，我为了登山来到尼泊尔。

从中部的城市博卡拉走往安纳普尔纳峰的山径。目标为标高 4130 米的安纳普尔纳营地,来回需花费十天。

出发当天，发生了意想不到的事件。日本登山客被山贼袭击了。

碰巧在案发现场附近的我，抵达了安顿受害者的山村。

他全身被刀砍得遍体鳞伤，无力地横卧着。那悲惨的状况，让我不忍卒睹。

喜马拉雅山中的救援行动用一般方法是行不通的。隔山邻村所拥有的摩斯电报机是唯一的通讯方法。午后，一些人出发前往请求救援，回来时已经是日暮之后了。他们透过日本大使馆等机关，获得明早派遣救援直升机的承诺。

在那里，我们取得村民的许可，在田里做了一个直升机停机坪。由有军队经验的旅行者负责引导直升机降落。

隔天，左顾右盼就是没看到直升

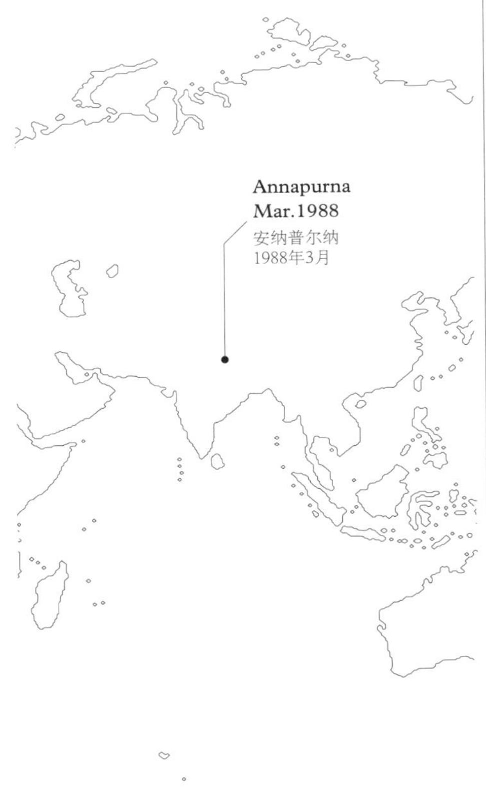

机的踪迹。

时间一分一秒过去，被害人的体力已接近极限。

救援直升机有可能找不到位在山中的我们。

这时，直升机引导员集合村庄里的旅行者们说："请大家分头寻找红色的东西后，到广场集合。"

在浓密绿荫山林中，红色的东西会特别显眼。当直升机飞来时，挥动红色东西可以让驾驶员清楚知道位置。

我想起口袋里有一条红色的头巾，我紧握着它来到广场。

不知道等了多久。终于，听到远方传来直升机的声音。

我们聚集到村庄的田地，抬头看着上空。

"快点挥动！快挥动红色的东西！"

遵从指示，我忘我地挥动着头巾。直升机驾驶员注意到了，盘旋空中，降落在村庄的田地。

从驾驶座舱中走出来的驾驶员，开头第一句话就问道："到底发生了什么事？"

我一时以为我听错了。原来那是军用直升机，驾驶员完全不知道发生什么事，也不知道救援直升机的事。他只是看到我们挥动着红色东西，察觉应是求救信号而紧急降落。

救援山贼事件被害者的直升飞机总算抵达了。

驾驶员使用无线电请求支持，紧急搬送患者。幸亏有他，不久之后民间的救援机就来了。

受害男性被运送到首都加德满都的医院，好不容易才捡回一条命。

我不想再有第二次相同的体验。每次旅行时都会这样想。

即使如此，可以向飞翔在空中的军用机传达求救信号、让它紧急降落的红色头巾，我总是随身携带。

SIERRA
CLUB

NO. 34

SIERRA CUP 登山杯

SIERRA CUP

每当看到 SIERRA CUP 登山杯时，我的心就会向往山林。与其说血液骚动，不如说会觉得坐立难安。它是在众多工具之中，少数可以如此驱使人走向户外的工具。

怎么看也不会厌烦的优美造型。闪烁的金属光泽。比起作为工具使用，拥有它，仅是凝望着就可使人感到喜悦，是个不可思议的杯子。

它的起源可追溯到二十世纪初。有美国自然保育之父称号的约翰•缪尔创立了山峦俱乐部（Sierra Club），用登山杯作为会员证配给每个会员。用杯子当作会员的证明，还真有点时髦。

当然，SIERRA CUP 作为工具，作用可是包罗万象。

SIERRA CUP 最棒的地方在于，虽然是杯子却可以直接用火加热。不仅可用来煮沸开水，因为杯子的开口是由底部展开的广口设计，亦可当作平底锅使用。此外，杯缘跟握把一样有包覆设计，直接用嘴接触杯缘也不会烫伤。

SIERRA CUP 可以说既为烹调器具，亦为餐具。

我经常在户外利用 SIERRA CUP 烹调拿手料理“热腾腾蛋卷汤”。每

当我取得鸡蛋时，就会想做这道料理。食谱简单说明如下。

①把蛋打在SIERRA CUP里，加入盐、胡椒、砂糖后搅拌。

②用火加热SIERRA CUP，直接做煎蛋卷。不时转动SIERRA CUP，不要让蛋焦掉，尽可能做出薄且面积大的煎蛋卷。

③用筷子把煎蛋卷切成方便食用的大小，最后加入高汤块跟热水一起煮沸。

只是在汤中加入煎蛋卷，就是道分量满点的料理了。如果能再加上葱等青菜配料，更可大大地增加汤的美味。

话说，如果想做的话，用SIERRA CUP也可以煮饭。但除了要有足够的火力之外，最多也只能炊一杯茶碗的米饭而已。要煮面的话，尺寸也太小。难道没有简单快速、只用少量的热能就可以饱餐一顿的SIERRA CUP料理吗?

如此烦恼着时,库斯库斯出现了。粗粒硬质小麦的碎粉吸收水分膨胀之后，就会变成大约一毫米大的颗粒麦米。

库斯库斯是北非地区的主食，在北非国家突尼斯的首都突尼斯市旅行时，几乎每天都吃。习惯成自然，回国后有时也会突然很想吃库斯库斯。

库斯库斯的好处，简单来说，就是吃了不容易饿。而且，只要有SIERRA CUP就可以轻松料理。我最喜欢是“鳀鱼地中海风味库斯库斯”。

①用SIERRA CUP煮沸开水。沸水跟库斯库斯等量。

在旅途中，探访当地市场也是重要的探险活动之一。于突尼斯。

②热水烧开后，打开鳀鱼瓶，倒出约一小杯的橄榄油。

③放入库斯库斯搅拌，盖上盖子蒸煮约一分钟。

④把鳀鱼弄碎加进去，跟库斯库斯混合搅拌。

因为鳀鱼盐分很高，注意不要加太多。此外，在野外，比起罐头鳀鱼，瓶装会比较好保存且方便携带。

SIERRA CUP 一只在手，让你天天好胃口！

NO.35

阿拉伯头巾

Keffiyeh

探险家跟旅行者的差异会显现于衣着上。

旅行者的话，从身上的穿着一眼就可分辨。但是探险家则不尽然。

僧侣河口慧海也是如此。他在一八九七年，为了寻找尚未传到日本的佛教经典，远渡西藏。当时西藏拒绝他国人民入境。必须做好心理准备，如果被知道真实身份，可能会被处死。

因此，他穿着与当地僧侣相同的服装。他的身影融入朝圣的西藏僧侣中，最后如愿以偿地进入当地。

虽然说不需要到变装，但在异国要穿什么服装，我也不会神经大条到完全不注意。我会观察当地人的穿着，尽可能不要太过醒目。

一九九六年到阿拉伯半岛的也门时，当地的男性穿着民族服饰，身上佩戴名为 Jambiya 的三日月刀（弯月刀的一种）。佩刀在传统的部落社会中，意味着独当一面的战士。

将此穿着与我自己的打扮相比，差了十万八千里。

我穿着在日本稀松平常的 T 恤配牛仔裤，走在也门首都萨那，不断被询问："你是从哪个国家来的？"因为当地大多数的人对美国人警戒心高，而我的打扮被当成了美国人。

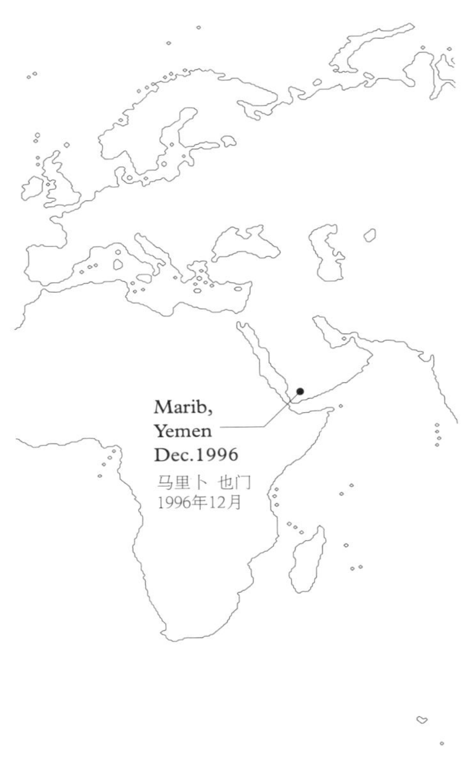

当地多数男性肩上都背着荷枪实弹的卡拉什尼科夫 AK47 步枪，光景宛如身在战地。当时也发生过反政府团体绑架旅行者的事件，我要是发生什么意外，一点也不奇怪。虽然如此，也不是要在腰间佩上 Jambiya 刀。

所以，我决定去找一条当地男性穿戴在身上的披肩，那是一种称之为“keffiyeh”的头巾。红白相间的几何图形，如果把脸完全遮住只露出眼睛，就变成恐怖分子的打扮。

我到市场的布料店买了一条 Keffiyeh。

Keffiyeh 为边长 130 厘米的四方形。因为它尺寸够大，在冷飕飕难以度过的夜晚或早晨，把头巾披在身上可以御寒。或者，也可当作包东西用的包巾。用途很广。

它原本是巴勒斯坦贝都因族的传统服装，用来保护头部避免强烈日晒与灰尘的伤害。

我造访了萨那东边 120 公里以外的马里卜遗迹（公元前八世纪示巴王国的首都）。只要一离开城市，就有可能碰到敌对的部族，因此包车司机安排了保镖同行。

我用头巾从头部包起来，环绕遗迹与其四周。跟有着同样打扮的司机与保镖一起行动，很自然地融入当地人之中，不会太过醒目。

不只这样，仔细观察我的脸而知道我是外国人的也门人，也会因为看到

用keffiyeh包裹头部的也门男性。

我穿戴着 Keffiyeh 而亲切地对待我。

穿着当地的服装，也是传达了接受当地文化的讯息。不只是因为适合当地气候与环境的服装可以让旅行更加舒适，更可以打破与当地人之间的隔阂。

RELIANCE

NO.36

RELIANCE 方形折叠式水箱

RELIANCE Fold-A-Carrier

说起来，计划用徒步跟搭便车的方式横断撒哈拉沙漠，是我二十岁出头的事了。

我以前就对沙漠充满了憧憬。有可能是受到小时候曾读过《小王子》的影响。越是读着这本书，越是觉得沙漠大地跟自己的日常生活世界相差甚远，散发出浓浓的异国情调。

位于非洲大陆北边，广阔无际的撒哈拉沙漠，南北加起来超过 4000 公里。路程比纵贯日本列岛还要长。根据孤独星球出版社 (Lonely Planet) 所出版的旅游指南，沙漠的绿洲连接了贸易要道，运送物资的卡车跟冒险旅行者的车子川流不息。有时搭便车，有时徒步踏上沙漠，在绿洲间移动也不是不可能。

我决定从北非突尼斯的首都突尼斯市出发，从突尼斯一路经过阿尔及利亚、尼日利亚，最后以邻接几内亚湾的尼日利亚的拉各斯市作为终点。我不知道这趟旅程需要花费多少个日程。少说也要一个月以上吧。

在为进行横越沙漠做准备时，最令人头痛的就是水的问题。

人类即使一整天完全不动，最少也必须摄取 1 升的水。行走于沙漠中的话，3 升的水也可能不够。为此，

可能需要携带5升的水在身上行走吧。

我试着把水背在身上。5升的水就等于5公斤。将塑料水箱连同睡袋跟相机等其他装备一起放进背包中背起来，双肩就像是挑着千斤重担。无法减少饮水量，其他的装备也都是必需品。唯一的办法就是减少塑料水箱的重量了。找了又找，终于让我找到了加拿大RELIANCE公司生产的方形折叠式水箱。

跟大多数塑料水箱不同的地方，在于它可以装入10升的水，却可以折叠成很小的体积。因为使用柔软性佳的塑料，结构坚固却只有168克重。而且，更优异的地方，是它装配有水龙头。扭转止水栓可以控制开关，让水顺利流出。另外，水箱上打有可吊在树上用的孔洞，吊在高处让水流出，便为简易的淋浴装置。

我在脑海中浮现自己在撒哈拉沙漠中淋浴的样子。

然而，实际在撒哈拉沙漠时，淋浴这两个字连想都没想过。

在沙漠中要确保充足的饮用水，比想象的还要困难。到达尼日利亚的绿洲，就看到游牧民族的骆驼把头伸进井中。跟骆驼你争我夺之后，我获取了水。但是，水混浊，而且有股腥臭异味。仔细一瞧，可以看到有许多小虫浮在上面。即使如此，这就是唯一能取得的饮用水。

我装了约一半咖啡色的水到水箱里，放进背包后，背起它继续旅行。

在撒哈拉沙漠中饮茶。补给完水之后短暂的休憩时刻。

处于总觉得水随时可能会喝完的紧张状态，因此一直觉得喉咙很渴。没办法忍耐的时候，我就会稍微喝一小口水，留在嘴里止渴。

与其说水箱的水是为了饮用，不如说是为了克服没有水的恐惧感。

GPS
GPSmap 60CSx
GARMIN

NO.37

GPS 卫星导航器

GARMIN GPSMAP60CSx

我永远不会忘记第一次拿到GPS卫星导航器时那紧张兴奋的感觉。

把卫星导航器的接收器朝向天空，读取位于两万公里上空卫星的信号，便可以知道自己所在位置的经纬度。

连接环绕在遥不可及宇宙之中的卫星令人兴奋，除此之外，GPS不仅能定位自己的所在地，连步伐也可以数据化，更让我觉得充满了新鲜感。换句话说，GPS卫星导航是可以用客观的数据了解自己在地球上的位置、行径路线的机器。

于大多行走于陌生土地的冒险而言，拥有一台卫星导航器就像打了一剂强心针。

使用至今，已有三台GPS卫星导航器为我鞠躬尽瘁，我现在所爱用的第四台是GARMIN生产的GPSMAP60CSx。能扩大GPS使用潜能的，别无他者，就是地图数据库了。在都市地区需要道路地图，行走于山岳地带，地形图则不可或缺。现在使用的机种，可以使用Micro SD卡读取地图数据，依据不同的地点切换相对应的数据。不仅备有各个国家、地区、大陆的地图数据，甚至连海图都有。

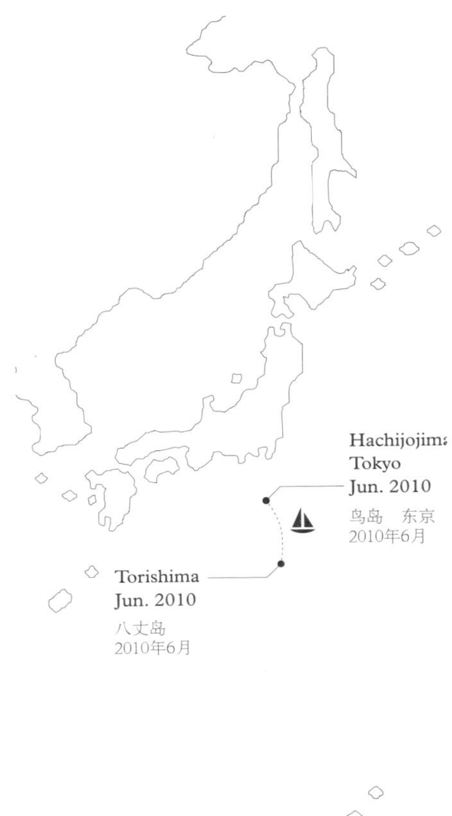

虽说如此，探险目的地大多是还没有地图的地方。就连旅行至南美洲圭亚那高原时，不用说是 GPS 的地图数据，连官方的地形图都无法取得，让我一筹莫展。

在横跨委内瑞拉、圭亚那、巴西三国国境的高原时，熟悉当地地形的 Pemon 族向导是旅行罗赖马山的重要支柱。

然而，站在山顶的我焦急了起来。前方如迷宫般的岩石地带一望无际，向导在岩石间如风一般前进着。浓雾跟持续的降雨遮蔽我的视线。失去向导的话，我就会变成迷途羔羊。

我开启 GPS 的电源，一边记录移动路线，一边前进。所幸尚未跟向导走散，但为了以防万一，已做好循着移动路线信息走原路下山的心理准备。对我而言，GPS 导航器就像是我的救生索。

我在参加信天翁的生态调查团造访伊豆的鸟岛时，犯了一个致命的错误。我把 GPS 卫星导航器遗失在某处。如果弄丢的话，别说是自己的移动路线，连导航器的位置都没办法追踪了。

我抱头烦恼，拜托一起到岛上的调查员，请他如果看到的话知会我一声。

“刚好我想要一个 GPS 呢。”

其中有人微笑着答道。

幸好，一起行动的火山学者有携带 GPS。他调出储存在导航器的移动路

乘坐游艇前往伊豆的鸟岛。

线纪录，帮助我寻找遗失物。

跟靠着移动路线、专心向前走的他相比，我怀抱着可能会漏看的心情，不安地环视四周，紧跟着他。不久，传来呼唤我的声音。

他指着我那掉落在地面的 GPS 导航器。

找到了！我赶紧跑过去捡起它，并向协助寻找的火山学者道谢。

使用 GPS 寻找遗失物时，四处张望搜寻反而不好。只要专心跟着 GPS 上的移动路线纪录，就可以寻回失物了。

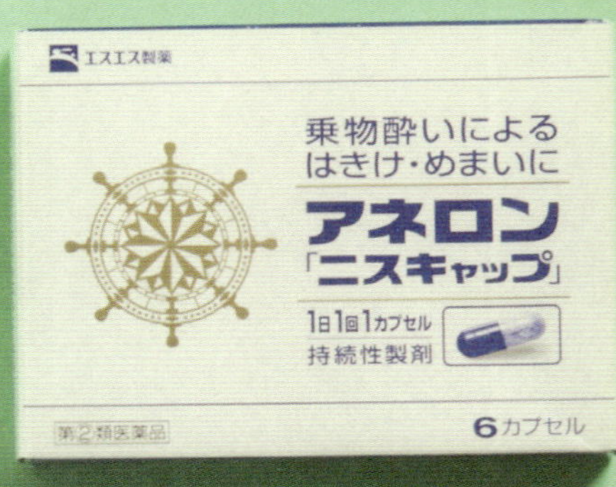
エスエス製薬
乗物酔いによる
はきけ・めまいに
アネロン
「ニスキャップ」
1日1回1カプセル
持続性製剤
第2類医薬品
6カプセル

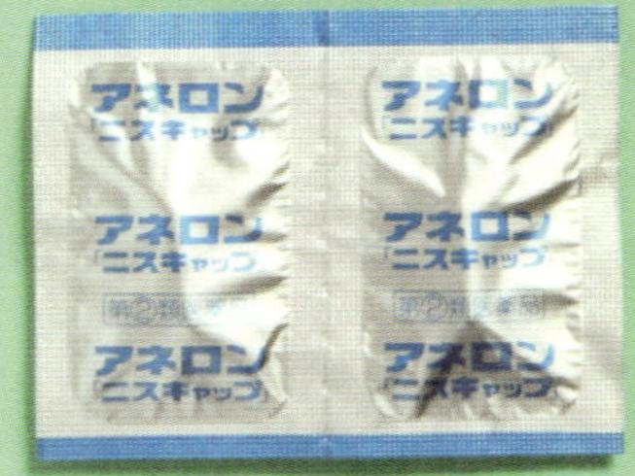
アネロン
「ニスキャップ」
アネロン
「ニスキャップ」
アネロン
「ニスキャップ」
アネロン
「ニスキャップ」
アネロン
「ニスキャップ」
アネロン
「ニスキャップ」

NO.38

Aneron 止晕药

Aneron

小时候因为会严重晕车，所以很讨厌旅行。

每次只要一听到要坐巴士或是火车，就会突然觉得喘不过气，要吃止晕药。

我不知道受到儿童专用晕车药多少照顾。

没想到这样严重晕车的孩子在将来竟然是以探险为志业。所谓的人生就是充满了不确定。

我的父亲传授给我搭乘交通工具而不会晕眩的秘诀，那就是尽可能地远望行径方向的那一端。想象着抵达目的地后会有什么有趣的事等着我。

我逐渐抓到要领，克服了搭乘交通工具会晕眩的问题。

父亲当时教我的概念虽然再简单不过，但现在回想起来，那决定了我的将来。

二十多岁时，我对于横断大陆这样大规模的旅行充满了憧憬。

积极地面对未知踏出第一步的勇气，驱使我展开旅行。父亲教给我的秘诀也是人生训示。

往后，虽然我得以持续旅行，但麻烦的是，只有搭船，如果没吃止晕药的话一定会晕。

出海之后开始起浪，就觉得头晕

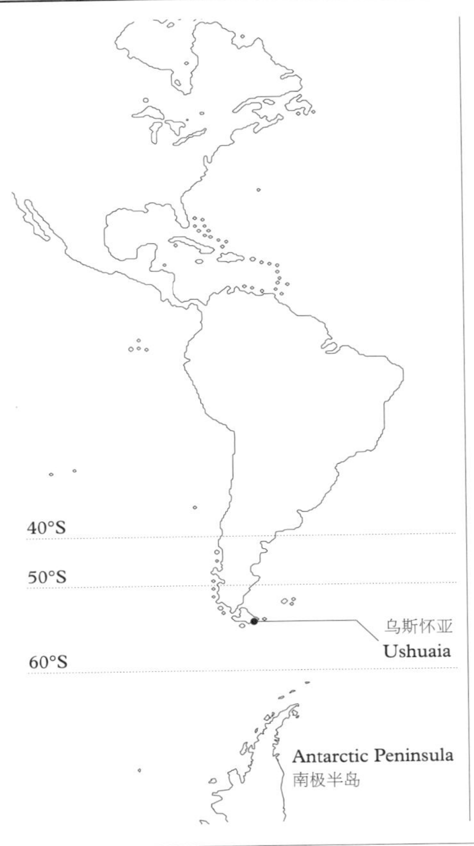

目眩。跑进厕所，即使清空胃袋里所有的东西，还是无法走出去。

某一次，外出海钓的人介绍Aneron的止晕药给我。食用一粒，立刻可以抑制晕船跟恶心的感觉。

即使如此，一九九一年时，从南美洲大陆最南端的城镇乌斯怀亚乘坐观测船航向南极半岛的旅程时，我吃足了苦头。通过比格尔海峡开往德雷克海峡，面着南极南下，从西边吹来的季风强烈，海浪越打越高。

实际上，那边是连船员们都会害怕、恶名昭彰的海域。

“吠叫的四十度，吼叫的五十度，怒吼的六十度。”

船员如此形容顺着南纬四十度到六十度一路南下、逐渐增强的海况。

我乘坐的船，固定在地板上的桌子嘎嘎作响，用锁链绑在一起的椅子左右剧烈摇晃着。

船舱内不仅无法站立，就连躺在床上也会晕船，使我心理备受煎熬。

海浪高度不断增加，超过了7米。感觉像是搭乘云霄飞车，坠入无底深渊，然后又被抛向空中。

我忍不住叫出声来。再这样下去我就要发疯了。大声呼喊的最后，说不定就会跳入海中。

越过可怕的风浪之后，终于抵达南极。

越过了高浪与晕船，终于看到南极的冰山。

白夜的亮光中漂浮着冰山，像是窥视天堂。我看到出神．久久无法自拔。

究竟为何我会如此深受晕船之苦呢？

我想，可能不只是因为激烈海浪的关系。

过于恐惧航行于南极近海，让我完全忘记想象水平线那一端等着我的乐园。

远望着远程的水平线，想象着愉快的事物。

父亲的教诲再次浮现在我心中。

HIGHLANDS
OF THE
BRAZIL
BURTON
II
HIGHLANDS
OF THE
BRAZIL
BURTON
I

NO. 39

探险的指南

Guidebook for exploration

探险没有所谓的指南手册。

尽管如此，确实有类似入门的书。

那是前人的旅行记录。不论是多么偏僻的地方，都存在人们走过的路径。提供这些信息的，是过去探险家的航海记录、旅行见闻，跟实地报告书。取得这些资料，等于获得至今仍属荒境之地的指南。

只是，每次要取得这些数据都必须花费很多心力。

英国探险家理查德•弗朗西斯•伯顿撰写的《巴西的高原地区》(The Highlands of the Brazil) 便是一本重要的文献资料。书中记载着巴西内陆失落城市的相关记录。在十八世纪于巴西东北部的巴伊亚州 (Bahia) 的银矿山附近有古代神殿的遗迹，大型石头拱门上刻有不曾见过的古代文字。可以说是在南美洲世代流传的黄金城传说之一。

在英国的图书馆寻找，只找到了上下两册一套的厚书，且为珍贵图书禁止外借。试着去旧书店询问，店家也说此书芳踪难寻。

然而，在二〇〇〇年的七月，得知这套书会在伦敦的佳士得拍卖会上进行竞标。拍卖目录里有标示拍卖品大概的基本得标价格，大约是 1000

至1500英镑。以当时的汇率换算，约为17万到25万日币。没想到价格这么高。

虽说如此，那是重要的探险根本数据。是咬紧牙根也要取得的书。我还是上班族的时期，就曾经把全额的工作奖金拿去购买《国家地理杂志》过期刊物。我想，如果拍卖价格大概是这样的话，花这笔钱购买应该也还可以接受。

我决定参加竞标。事先订下自己最高的出价金额，以上限为2800英镑的心理准备来打这场竞标，相当于我过去的工作奖金50万日币。事实上，当时我认为结标金额应该不会这么高，仅是预先做好心理准备。

竞标当天，一抵达会场就感受到现场弥漫着紧绷的气氛。让我跟着也紧张了起来。

我的目标物的竞标终于开始了。拍卖是从比基本金额还要低的500英镑开始竞标。我举起了我的号码牌。会场中也有不少人举手。

金额不断往上增加，转眼间就到了1000英镑、1500英镑，到了2000英镑也还有好几个人举手。

到了2400英镑时，剩下我跟另一个人对决。

2600英镑。2800英镑。我已经来到尽头了。

无法冷静思考的我，在超过上限的3000英镑时也举起了手。就在那时，

为了阅读探险记事，造访了大英图书馆。那里是我的探险指南。

竞争对手放下他的手。太好了！

但喜悦仅止于一时，有人用电话竞标加价。

3200 英镑。

我终于恢复神智，放下手。于是，结标的槌子敲了下去。

幸运的是，我后来在旧书店用便宜的价格买到了这套书。

取得探险指南的过程，本身就是一场冒险。

NO.40

防蚊罩

Mosquito net

旅行至热带地区时，时常让我担心的是疟疾的问题。

那是由一种名为疟蚊的蚊子所带原的传染病，染上时会有发烧、头痛，并伴随着呕吐等症状，严重时可能会引起意识障碍或是肾功能衰竭导致死亡。

虽然蚊子也会传播霍乱或是肝炎等可怕的传染病，但疟疾没有疫苗。也就是说，疟疾无法进行事前的预防接种。

的确是有抗疟疾的预防用药。

我在一九八九年旅行至东南亚、非洲、南美洲之前，从医生那里拿到处方。自旅行的前一周开始服用，离开传染病流行地区之后的四周也必须持续服用药物。长期旅居在难以取得水的地区，要持续不间断地服用药物是非常不容易的事。

抗疟疾预防用药，是当疟疾的病原虫侵入体内时预防发病的药物，但最好的方法是避免病原虫进到体内，也就是防止被蚊子叮咬是最好的预防措施。

仔细想想,要防蚊是相当困难的。撇开夜晚，不计其数在耳边嗡嗡作响的蚊子，大多时候也会因为没注意而被叮咬。

阅读波西•福西特在二十世纪前半探险至巴西的探险记录可发现，即使是在酷热难耐的夜晚，他也穿着长衬衫戴着手套睡在吊床上。不仅如此，他好像还会用丝巾卷包颈部，用大帽子盖住脸上，不露出任何一英寸肌肤。

他的方法实在难以仿效，所以我只有增加了防虫喷雾跟防蚊罩两个装备。

防蚊罩是覆盖头部到颈部、如蚊帐的罩子。网目为一毫米，可以预防小型蚊虫侵入。放进背包中一点也不占空间。

防蚊罩在山径中被小黑蚊或蜜蜂攻击时，也可发挥功效。头部跟脸确实包覆起来的话，就能避免陷入恐慌，得以冷静地躲避攻击。

二〇〇六年旅行至西伯利亚黑龙江流域时，我碰到了必须使用防蚊罩的情况。我乘坐着小船，从哈巴罗夫斯克向阿穆尔青年城行驶。

一登陆河中沙洲，马上就被蚊子大军包围。

在北极地区竟然也有蚊子！

而且比热带地区的蚊子还要大，如蜉蝣般的大蚊子飘来飘去地飞着。

用手挥去停留在衣服上的蚊子，它们连逃都没逃就纷纷落到地面。

扣除行动缓慢这点，这些蚊子还是可怕的存在。

蚊子尖锐的口器从长袖衬衫上穿刺过来。不一会儿全身就肿了起来。我

下船，穿戴好防蚊罩才走出去。

拿出防蚊罩盖在头部。然后再次登上岸边。

防蚊罩说是杰作也不为过。

但是，转眼间蚊子一只一只停留在防蚊罩上，遮蔽了我的视线。

蚊子想吸我的血，从防蚊罩的网眼不断的伸进口器。

被这么多蚊子“盯”上，我都快要昏倒了。

如果没有防蚊罩的话，我的血绝对会被吸干。

FREQ
121.5 MHz
BREITLING
EMERGENCY

NO.41

百年灵紧急求救手表

BREITLING EMERGENCY

无论是谁都有可能遇难。

时常搭乘飞机或船的人遇难机会更高，即便是不旅行的人，也有可能会遭遇灾害。

当然我知道这不可能会发生，但我实在很难想象所搭乘的飞机坠落、只有自己一个人生还。我一直以来也是这样认为。然而，在往返太平洋的鲁滨逊岛时，我渐渐觉得这并不是不可能的事。从南美洲智利的圣地亚哥搭乘五人座的小型螺旋桨飞机前往鲁滨逊岛，大约要三个小时，每当穿过强烈气流时，机体都会剧烈地摇动。听当地的居民说，附近的海域时常会无预警地吹起狂风，过去也曾经有好几架飞机坠落。

因此，我决定记下最基本的求生技能。

首先是求救信号。

一般最广为人知的求救信号是“SOS”。虽然它是摩斯密码，但现在已经广为一般大众所认识，因此在地面上描绘出“SOS”的文字也可以达到求救作用。

用三支狼烟间隔排列亦等同于SOS信号。

全世界都通用的求救信号是“Mayday”。这个词源自法语的“Venez

m'aider”，也就是“来救我”的意思。

“Mayday、Mayday、Mayday”连续三次发出讯号。宛如科幻小说中的台词，但即便到国外语言不通，也可以传达紧急状况，记得这个方法绝对没有损失。

另外，为了因应紧急状态，我也带着哨子跟镜子。两者都是使用声音跟亮光让远方的人知道自己所在位置的有效工具。

但不论哪一种方法，都只有在具备通讯设备，或是救援者在附近时才有效。没有更有效传送求救信号的方法了吗?

为此，我取得百年灵的紧急求救手表。

正如它的名称“紧急求救”，它是在手表中搭载小型紧急信号发射器的高科技仪器。

遇难时，只要打开专用的天线，手表自动就会发射出 121.5MHz 的国际航空求救信号频率[①]。透过发送信号，传达自己的所在位置给救援机。

信号会持续发送 48 小时，在平地或是平静的海上，可以传送到 160 公里远的地方。

由于是电池驱动，需要定期保养，但它可说是戴在手腕上的救命装置。

① 搭载在飞机上的救命无线机器 (ELT)，虽然于二〇〇九年时更换成 406MHz 规格，但在紧急状况或是落海者的救援系统等小型发射器，则是使用 121.5MHz 规格。

戴着百年灵紧急求救手表飞向大溪地的离岛。

因为不想碰到打开天线的意外，与其把它当作实用工具，不如作为保护性命的存在。

pacsafe

NO.42

Packsafe coversafe100 秘密口袋

Packsafe coversafe100

有一个被称为“秘密口袋”，绑在身体上的贵重物品旅行袋。一开始，我其实对这样的东西充满怀疑。

护照、机票、现金、信用卡等东西一装进去，袋子就像快撑破一样鼓了起来。

将这样一大袋东西绑在肚子上，如同告知天下这里有现金。完全称不上是秘密口袋。

每当出去旅行时，贵重物品的隐秘摆放地点一直都是头痛的问题。皮带内侧的隐藏式口袋虽然可以放钞票，但护照却无法装进去。有的帽子内侧附有可以放进护照的收纳口袋，但若在被强盗抢走之前就被风吹走的话，还真无法忍受。

结果，最令人放心的方式就是“不要让东西离开身边”。得到这样的结论，也就是说，我最后果然还是选择了秘密口袋。

在机场商店或户外用品店等地方，虽然有找到“就是这个”的秘密口袋，买来使用后发现并不耐用。若卷绑在裤子下头，会因为汗水跟摩擦力变得皱巴巴的。

虽然不太可能对秘密口袋要求多好的耐用性，但带着重要性仅次于性命的护照走来走去，总觉得有点没安

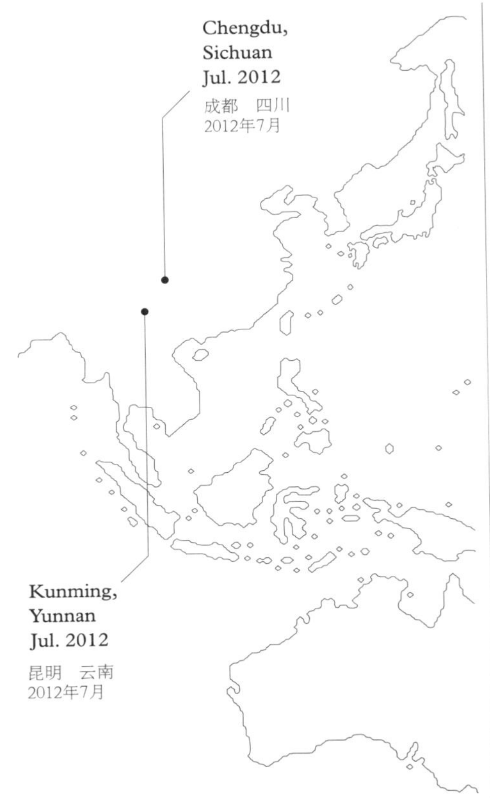

全感。

因应这项需求而诞生的就是packsafe的“coversafe100秘密口袋”。

简言之，它就是坚固。为防止被刀子等利物切断夺走，背带里有绳子。再者，背带为橡胶材质，可伸缩，不会对腹部造成太大的负担。跟身体接触的地方为透气网目材质，不会闷热。此外，拉链隐藏在内侧不露出来。我从来没看过连这样小细节也如此坚持的秘密口袋。

如同上述所说明的，为了让秘密口袋可以发挥它的保密功能，里面不要装进太多东西为重点。

然而，在二〇一二年旅行至中国时发生了一件稍微困扰我的事情。当时要从四川省移动至云南省。越往内陆走，外币（日币）就会越来越难兑换。我在成都兑换了1万元人民币（约13万日币）放在身上行动。中国货币最高面额为100元。因为是1万元人民币，所以100元的钞票有100张。放进秘密口袋再卷绑在身上，鼓起的腹部相当显眼，像布袋一样圆嘟嘟的。因此，我把一部分的纸钞分散到身上穿的背心口袋，但也还是有50张纸钞。没办法，我只好鼓着肚子展开旅行。

然而令人吃惊的是，中国的旅行者们都把秘密口袋当作是霹雳腰包一样背在衣服外。这个国家的人似乎没有把秘密口袋隐藏在衬衫底下的习惯。并不是因为没有小偷，但不隐藏秘密口袋是这个国家的作风。

往中国四川省的深山。乘坐着马前进。

硬是把秘密口袋塞进衣服里的我，反而会被认为身上可能带有可疑的东西，而被投以异样的眼光。

我把装着成捆钞票而鼓起的秘密口袋，如相扑力士的腰带卷绑在腹部衣服上头，然后继续旅行。虽然有点抗拒露出秘密口袋，但还是入境随俗比较好。

Swiss
Spice
Humid Proof
UNIFLAME
friends with nature

NO.43 瑞士香料罐

Swiss Spice Salt & pepper shaker

只要去旅行，我一定会去逛当地的市场。

虽然要了解当地居民的生活有很多种方式，但从他们都吃些什么会比较快理解。

例如，在市场贩卖的肉是牛肉？猪肉？还是羊肉？

在印度，牛是神圣的动物，因此在市场上看不到牛肉。如果换成是在伊斯兰文化圈的国家，猪肉则是禁忌。

从市场贩卖哪些肉品，就可以知道当地居民的信仰。如果有羊肉的话，应该可以感受那个城镇的游牧民族文化。

除了逛市场了解民情，我还会买西红柿。

为了了解当地的物价，为了早日习惯在新国家初次使用的钞票与零钱，另外，也为了试着与当地人接触的考虑，以购买西红柿作为这一切的开端，刚刚好。

在西红柿上撒些盐后，就整颗拿起来吃。

西红柿代表了我旅行的起点，意即仪式开始之前响起的号角声。

味道的浓厚程度、酸度、皮的厚度、咬起来的口感……西红柿的味道，依据不同的国家而有所差异。如果西

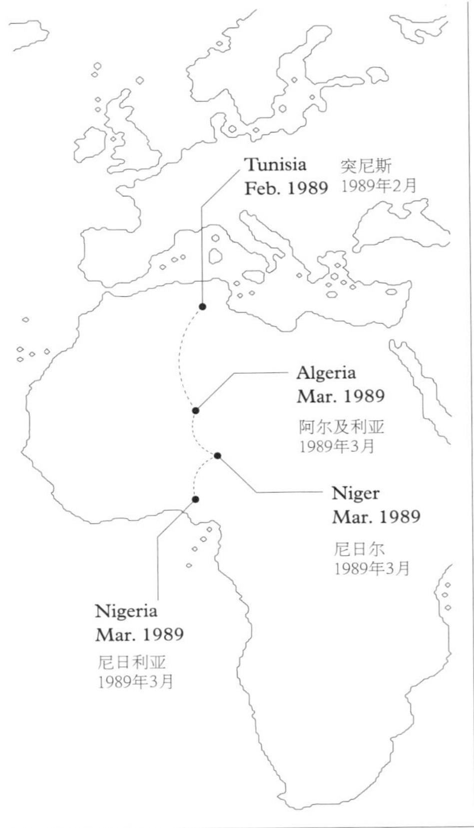

红柿好吃的话，即便旅居在那个国家，也会觉得合得来。心情上仿佛会有什么好事要发生。

为了让西红柿吃起来更美味，我对盐尤其执着。出门旅行时，我的背包里随时会放着 Swiss Spice salt & pepper shaker。

它不只防水，也防潮，因此盐可以保持干爽松散的状态。是个不简单的工具。

虽然如此，我并不只是为了吃西红柿才把盐带在身上。

盐是仅次于刀子的重要求生工具。

一九八九年穿越撒哈拉沙漠时，我还没有认知到盐原来是那么重要的东西。

然而，在一次于阿尔及利亚跟大型卡车司机一起旅行时，改变了我的想法。

从绿洲到下一个绿洲。经年旅行在沙漠之中的卡车司机，有多次在驾驶时被突如其来的无力感袭击，甚至觉得可能会死于交通事故。其原因应是缺乏矿物质。

知道这个情况之后，盐就成了他不可或缺的随身携带物品。

他为我烹调了荷包蛋，建议我把蛋夹在法国面包中，在上面撒上叫哈里萨 (Harissa) 的辣味料食用。

哈里萨是包装在软管中如牙膏粉的香辛料。稍微舔一下，不只辣，而且咸。

那是在不易取得盐巴的沙漠中衍生而出的饮食文化。

在荷兰的市场买到的番茄跟苹果。

沙漠中，体内的矿物质会随着汗水而流失。流失矿物质会让人降低抵抗力，容易染上各种疾病。

正因为如此，在沙漠中旅行必须随时补充盐分。

我带着盐，为了舔食盐分咬着当地的西红柿。

那也是求生的一部分。

だいすけ
たかはし

NO.44

坏掉的罗盘

Old compass

即便相同是指南针，现在于探险使用的，跟少年时期所拥有的并不一样。探险工具会随着经验跟技能提升而变化。

我把以前用过的指南针称为罗盘以为区分。

罗盘有不可思议的魅力。方位刻度的上面转一圈让磁针旋转着，就感觉刺激的冒险即将展开。没有别的，为的就是保留儿时的心，即使变成大人也不忘初衷。

少年时期的我，口袋里总是放着一个罗盘。

哪边是南，哪边是北都不重要，仅是喜欢一直盯着转动的罗盘指针。

幻想着，朝向指针方向走的话，可能会有伟大的发现正等着我也说不定。

昔日欧洲的船员认为，在遥远的北方有个“磁力之岛”，罗盘的磁针会被它吸引。一六〇〇年英国的物理学家威廉·吉尔伯特发现地球本身是个巨大的磁石，往后相信“磁力之岛”的人逐渐减少。

少年时的我也思考过“磁力之岛”这样谜团般的地方是不是真的存在。

我带着罗盘出外探险。磁针指向住家附近的健保会馆。越过高墙，其

后为草木丛生的庭园。我偷偷潜入侦查。

池子里栖息着龙虱跟蝎蝽科。捕获那些水栖动物的话，可以向朋友们炫耀。

我折返回去，打算用小捞网进行捕捞作战。把小型水槽斜背在身上，越过围墙。网子进到池子的瞬间，惊吓到水中游动的鲤鱼，溅起水花，水池开始骚动。

可能是察觉有异，会馆的管理员大力地打开玻璃窗，喊道“在干什么”，快速地追了过来。一旦被逮到的话，不知道会受到什么样的惩罚。我慌慌张张地越过围墙，滚落到地面。

就在那来回攻防之间，我在会馆池畔发现了正在产卵的森树蛙。鲜绿色的青蛙，在树上产下包着白色泡沫的卵。

神秘的样子打动我的心，要捞龙虱的事情，大发雷霆的管理员阿伯的存在，早已被我遗忘到九霄云外。管理员阿伯抓到了我，狠狠念了我一顿。但我说了森树蛙的事情之后，阿伯的表情变得缓和。阿伯应该也很喜欢森树蛙吧。

“下次从正门的玄关进来吧，会让你看的。”

我点了点头，就回家了。

有好一阵子，我对卵很有兴趣，三不五时就跑到会馆。不习惯从正门进去，依然是翻墙而入。我隐藏在草丛里，静悄悄地往树上看，刚好是小蝌蚪们从卵泡中往池里跳的时刻。

故乡秋田县的大自然孕育了我对探险的憧憬。

往罗盘所指的方向前进。即便前方可能有危险，不要害怕，勇于抓住“发现”这项宝物吧！对我而言，那是探险最原始的体验。

当时，罗盘就在我的手上。

罗盘的磁针至今也指引着我梦想的方向。

THE EXPLORERS CLUB
FLAG AWARD
DAISUKE TAKAHASHI, FI'92
300TH ANNIVERSARY EXPEDITION
OF ROBINSON CRUSOE
JANUARY 6, 2005 TO
FEBRUARY 28, 2005

NO.45

探险旗

The Explorers Club Flag

探险家俱乐部的总部在纽约。

会员名册上头排列着航天员、海洋探险家、在丛林里发现新物种的生物学家、持续推广在沙漠发掘未知王国的考古学家等芳名。职业虽然百余种，但都是以探险为毕生志业的人。

俱乐部作为增进会员间交流与感情的场所之外，也透过举办演讲，向社会发表探险家的工作。

我在一九九二年初次拜访俱乐部总部。

东七十街四十六号(46 E.70th Street)。总部位于高楼大厦林立的纽约曼哈顿一角的古老砖瓦建筑里。建筑像是在诉说着成立于一九〇四年俱乐部的历史。

跟其他社交性俱乐部一样，俱乐部里头有休息室跟酒吧，然而，图书馆收藏着珍贵图书的探险游记跟地图，被称为纪念品存放室的房间里放满了豹跟狮子的标本、非洲的木偶等会员们从世界各地带回来的纪念品。

到楼上，走进演讲厅，墙壁上挂着各种颜色的旗子。

一面旗子上的牌子写着植村直己的名字。那是他在一九七八年用狗拉雪橇的方式成功单独一人抵达北极点，远征时带在身上的旗子。

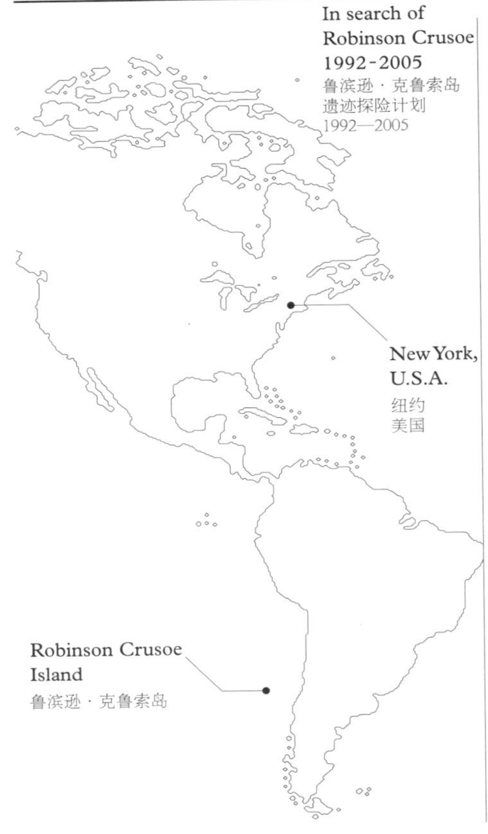

俱乐部对于探险旗有独特的传统。针对由审查委员会认定为有意义的探险活动，会借予一面俱乐部的旗子。

探险家携带着旗子朝向极限那一端前进，在终点升起旗子。从探险地归来后，把旗子还给俱乐部，再交接给下一个探险家继续使用。

探险家们就像是跑大队接力的选手，持续承接探险的旗子。

那样的传统之中，为了赞扬植村成就于人类史上的伟业，他使用过的旗子例外地被装饰在演讲厅里。墙壁上另外装饰有一面旗子，它曾于一九六九年跟着阿姆斯特朗搭乘阿波罗十一号宇宙飞船登陆月球并一起归来。为了放在狭小的太空舱中，尺寸如桌上旗。

我也好想带着旗子一起去探险。

在这些旗子前面，从心底不禁涌起一股野心。

十三年后，二〇〇五年，我的梦想实现了。俱乐部针对寻找鲁滨逊实际居住过的遗迹探险计划，授予我一面旗子。

拿到的旗子标号为第六十号。这面旗子从一九二〇年使用至今，在我之前，旗子已旅行至南极、婆罗洲、不丹、玻利维亚等地。

实际上，探险计划开始时，事情进展不如预期。感到挫折时，我就会拿出旗子。

在鲁滨逊·克鲁索曾居住的遗址，跟探险家俱乐部的旗子一起留影。

想着跟着旗子一起旅行的众多前辈。他们的旅行应该没有一个是安逸轻松的吧，大家应该都把自己的命运寄托在旗子上，渡过重重难关。

对我而言，旗子自始至终是我精神的支柱。

旅行的最后，成功发现鲁滨逊曾居住的遗址，我大力挥着旗子。

后记

Postscript

一九九九年十月六日。

我在伦敦皇家地理学会的演讲厅。

坐满观众的会场，空气中弥漫着紧张气氛。演讲台上站着的，是寻找到传说的登山家乔治•马洛里遗体的调查队队员。

马洛里留下“因为它就在那里”的名言，在一九二四年初次挑战登顶珠穆朗玛峰时就此失去消息。无论他是否真的完成登顶，那是登山史上最大的悲剧。

时隔七十五年，他的遗体被发现的新闻冲击了世人。然后，在那一天，由调查队员亲自讲述调查的来龙去脉。

横躺在山坡斜面上的马洛里遗体沉默不语。调查队回收着掉落在他遗体周边的探险工具，一一检视。护目镜、高度计、火柴、刀子、手帕、铅笔、手表、罐头、笔记本……

透过他的遗物，证明了新的事实。例如，手表的时针虽然不见了，但从残留在手表文字盘面上的生锈痕迹，可以知道他跌落时手表停止的时刻。

调查队虽然如此的接近马洛里的珠穆朗玛峰登顶的真相，然而最后，谜团终究是谜团。

即便如此，我认为马洛里的工具依然在诉说着些什么。、

调查队找到包在手帕里的信。是家人跟友人写给马洛里的信，他寸步不离身地带在身上，以登上世界最高峰为目标。

知道了这些，我的胸口有股热流涌上。不止是因为那些信、包着信的手帕，或是其他马洛里的探险工具，每一个工具的背后应该都有支持着他冒险的故事。

如果可以的话，我想要知道更多……透过这些物品，应该可以知道他面对山的想法，以及他的精神。

探险游记通常不太会写探险工具的故事。可能是因为工具主要的作用是辅助达成目的。但是，即便马洛里本人逝世之后，探险工具仍持续诉说着他的探险故事。

现在回想起来，那时的想法，应该就是促成我开始撰写以探险工具为主角的书的原点吧。

我从自己的探险工具中挑选了四十五项工具，发现部分跟马洛里的工具有共通之处。

探险用的工具，不只可以求生，更是支持心灵的支柱。

工具既是物品，却又不然。工具是让向梦想迈进变成可能的精神般的存在。

本书是以工具为主角的探险记。感谢 Aspect 编辑部的小林琢磨跟 Appleseed Agency 的清水浩史的协助，让这本看似不太可能出版的书得以付梓。如果没有两位的热情，这本书不会诞生。

另外，寄藤文平跟杉山健太郎，他们平实的物品摄影风格跟设计构成了这本书。感谢摄影家松村秀雄帮布满灰尘跟汗水的配角们打上耀眼的亮光。向大家致上深深的谢意。最后，感谢帮助我进行校正的妻子ともみ (Tomomi)。

探险工具邀请我更进一步前往未知的世界。

二〇一三年，春天。迎向新的旅行季节。